LA FRÉGATE

L'INTROUVABLE

OUVRAGES DU MÊME AUTEUR.

L'Aviation ou NAVIGATION AÉRIENNE (*sans ballons*) 1 vol. in-18. . . 2 »
Le Mouton enragé, 1 vol. in-18. . . . . 2 »
Les Quarts de nuit, contes et causeries d'un vieux navigateur, 1 vol. in-18. . . . . 2 »
Le Tableau de la Mer. — LA VIE NAVALE. (Chapitre XII, INVENTIONS ET PROGRÈS. L'AÉRONEF. (1 fort volume in-18. . . . . 3 50
Le Langage des Marins Recherches historiques et critiques sur le Vocabulaire maritime. Expressions figurées en usage parmi les marins. Recueil d'expressions techniques et pittoresques, suivi d'un Index méthodique. 1 fort vol. in-8. . . . . 5 »
Poëmes et Chants marins, (Edition complète), mélodies populaires intercalées dans le texte, notes historiques, etc. 1 fort vol. in-18. 3 »
Le Gaillard-d'avant, chansons maritimes (Edition populaire), paroles et musique, 1 vol. in-18. . . . . 1 »
L'Ame du Navire, roman, 1 vol. in-18. . . . . 3 »
La Meilleure Part, roman, 1 vol. in-18. . . . . 2 »
Une Haine à bord, roman, 1 vol. in-18. . . . . 2 »
La Gorgone, roman, 2 vol. in-18. . . . . 4 »
Les Passagères, roman, 1 vol. in-18. . . . . 1 »
Les Enfants de la Mer, contes et nouvelles, 1 vol. in-18. . . . . 1 50

SOUS PRESSE :

Les Cousines de l'Introuvable, 1 vol. in-18. . . . . 1 »
Le Tableau de la Mer. — LES MARINS, 1 fort vol. in-18.
La semaine des bonnes gens, contes et nouvelles, 1 vol. in-18.

EN PRÉPARATION :

De la destinée des mots, imité DELLA FORTUNA DELLE PAROLE, par GIUSEPPE MANNO.
Traité de Phonétique, étude comparée des sons du langage humain.
Voyages aériens, Promenades, courses, trajets de longue haleine, haltes et rencontres, grandes explorations, l'Afrique centrale, les deux pôles, premier voyage de nuit, chasse du lion, pêches aériennes.
Photographies à la plume. — César Plagiat, Chrysostôme Chantage, Procuste Eteignoir, les Moutons de Panurge, Polydore Talent, Auguste Cœur-d'Or, Narcisse Paincuit, la Mère éternelle, Mimi Caprice, Monseigneur Capital, etc...
La Légende des nombres, en collaboration avec MM. CH. DE FRANCIOSI et PHYLONBINOME.

LA FRÉGATE

L'INTROUVABLE

PAR

G. DE LA LANDELLE

PARIS

P. BRUNET, LIBRAIRE-ÉDITEUR

31, RUE BONAPARTE, 31

1864

A JULES NORIAC.

Les lauriers de Miltiade empêchaient Thémistocle de dormir; les innombrables succès du 101e régiment dont les bonnes fortunes furent celles de toute notre armée de terre, plongeaient dans une juste mélancolie le personnel de la frégate l'*Introuvable* et par suite toute l'armée de mer qui sympathisait avec sa douleur.

« — Eh quoi! — redisaient les échos de Brest, Toulon et Cherbourg, — faut-il donc absolument défiler tambours battants, sapeurs en tête, et colonel à califourchon, entre la Madeleine et la Bastille, pour que l'esprit français daigne vous sourire au passage! Jules Noriac, grand photographe, physiologiste et historien du 101e, le sel de la bonne humeur n'aurait-il donc aucune affinité avec le sel marin? et parce que le problème de Paris port de mer n'est pas encore suffisamment résolu, serons-nous donc condamnés à n'être connus que dans les cinq parties du monde, sans obtenir de la sixième : Montmartre, Pantin et Batignolles, le moindre petit bonjour familier? Le Céleste Empire s'ouvre devant nous; les magots de la Chine cessent de nous ignorer et sur les bords fleuris qu'arrose la Seine nous resterions inouïs. Nul n'y entendit parler de l'*Introuvable*; on n'y sait même point qu'elle a eu le rare avantage de porter dans ses flancs un bataillon complet de ce même 101e dont les autres bataillons étaient alors à bord des vaisseaux l'*Anonyme* et le *Bon Garçon!*..... »

Ainsi se lamentaient l'*Introuvable* et la flotte française, quand touché de leurs doléances, un généreux éditeur jura par ses moustaches de leur donner un volume de consolations.

Un tel serment valait plusieurs bibliothèques.

Voilà pourquoi et comment la présente frégate fut mise à flot.

Puisse-t-elle, mon cher Noriac, naviguer avec autant de bonheur que marche votre triomphant 101e! Puisse-t-elle, en dépit du vent et de la marée, du mélodrame et du pathos, jeter son plomb de sonde dans les âmes rêveuses qui aspirent à la découverte d'une dive bouteille intarissable! Puisse-t-elle, par l'ennui qui souffle, rencontrer le contre-courant de la gaîté française dont votre régiment a si bien trouvé le chemin en terre ferme!

Suivez à jamais la même route; c'est ce que je *vous* souhaite allègrement et cordialement.

G. L.

LA FRÉGATE L'INTROUVABLE

I

LE CONTENANT.

Un superbe sabot à la poulaine supporté par un patin gigantesque, ou le même patin surmonté d'un sabot colossal — doublé et chevillé en cuivre, luisant, vernis lustré, — décoré du haut en bas d'une infinité d'ornements coquets, tels que :

Canons, obusiers, caronades, pierriers ou espingoles,

Mats cerclés de fer ou galipotés,

Cordes goudronnées, vergues, poulies,

Voiles, ancres, flammes, pavillons, girouettes et paratonnerres,

Patin et sabot, l'un soutenant l'autre, comme le sous-pied termine la guêtre, comme la tige complète la botte — le patin avec un talon sans éperon, — le sabot avec un éperon placé à la pointe du pied où il figure en poulaine.

L'ensemble servant d'unique chaussure à quatre ou cinq cents hommes pour glisser à cloche-pied sur la mer *jolie*.

Jolie n'est pas de mon fait. — *Jolie* me fournit une excellente occasion de m'interrompre et de reprendre haleine avant d'en finir avec mon commencement. *Jolie* a de la couleur locale. Nos arrières grands-pères donnèrent à la mer Noire le nom flatteur de Pont-Euxin ou Mer-Douce; nos grands-pères ont intitulé Pacifique un Océan qui n'est pas débonnaire tous les jours de la semaine; les matelots nos contemporains, en parlant de la mer, ont soin de l'appeler *jolie* malgré foule de traits assez vilains qui l'enlaidissent trop souvent.

Affaire de politesse.

Grâce au ciel, on ne manque de savoir vivre sur cette mer jolie que pourfendra gaillardement le magnifique sabot en question.

Aussi bien ledit sabot est-il remarquable par ses deux principaux gaillards — le gaillard-d'avant et le gaillard-d'arrière — qui, séparés par le grand mât, ne s'en unissent pas moins pour constituer *le pont*.

Le pont d'en haut, le pont par excellence, tillac ou toit, plate-forme, place d'armes, champ de manœuvre, promenade publique, terrasse et enfin couvercle sous lequel se trouvent divers compartiments grands ou petits, que vous ferez bien d'aller visiter... si vous en avez la fantaisie.

Les voyages sont un agréable passe-temps ; ils forment l'esprit, le tempérament, le cœur et le caractère ; ils déforment bien un peu la caisse ; mais n'y faites pas attention ; ou résignez-vous à ne voir qu'en imagination ou en images :

Au-dessous du pont la batterie,

A l'étage inférieur l'entrepont,

Et tout au fond, dans le patin creusé sous le nom de *Carène*, la cale qu'à terre on traiterait de cave.

En gros, voilà le contenant.

II

DU CONTENU.

Quant au CONTENU !....

Oh ! c'est ici que je recule épouvanté, comme fit la mer jolie à l'aspect du monstre couvert d'écailles de M. Jean Racine.

Ce n'est pas qu'ils soient des monstres, ni qu'ils aient des écailles, les quatre ou cinq cents Marins de la frégate l'*Introuvable*.... Bien au contraire !

Le monstre marin ne porte point le paletot à boutons ancrés, le collet bleu ancré, la cravate ancrée, ni le ruban de chapeau ancré ; il n'est pas rasé, peigné, brossé, astiqué, fourbi, propre comme un lys des champs, excepté les jours où l'on goudronne, où l'on peint, où l'on embarque du charbon, où l'on fait des corvées exigeant la vareuse grise et le pantalon gris émaillés de taches de toutes les couleurs.

Le monstre marin manque de tenue et de courtoisie françaises ; il n'a pas d'accroche-cœurs ; il se passe de boucles d'oreilles ; il se conduit mal en société ; il tire la langue et montre les dents ; il ne sait pas tirer le fleuret, l'espadon, le bâton ; il ne montre ses grâces à l'assaut, à la danse ni ailleurs.

A bord de l'*Introuvable*, le contenu ou pour mieux dire le PERSONNEL se distingue par sa galanterie.

Et voilà tout justement pourquoi je recule épouvanté...

Car je viens de faire des réflexions navrantes, touchant le beau sexe de ma patrie....

III

RÉFLEXIONS NAVRANTES TENANT LIEU DE PRÉAMBULE.

Quelle est la française qui confondra un tambour-major avec un trompette, ou un lancier avec un gendarme?

Heureuse armée de terre! tu ne cesses de filer et de défiler, à pied ou à cheval, sous les yeux d'enchanteresses incapables de prendre un zouave pour un artilleur, un hussard pour un carabinier ou un dragon.

Sans sortir de l'infanterie de ligne, vienne à se faire entendre la musique de ce 101e dont il a été si glorieusement écrit, êtes-vous dans la rue vous vous arrêtez charmées, êtes-vous dans votre appartement, vous courez à la fenêtre...

Le régiment passe;... trop fortuné régiment!

Et qui de vous, alors, adorables contemporaines, ne reconnait pas du premier coup d'œil, le sapeur, le tambour, le colonel, le capitaine, le lieutenant, le grenadier, le voltigeur au pompon jaune, le sergent au galon d'or, le caporal et le sensible fourrier?...

Mais hélas! vous comprenez déjà ce qui me consterne en m'affligeant;

Les plus brillantes individualités de l'*Introuvable* vous sont inconnues...

Car elles ne se trouvent jamais sous le feu de vos regards, — ce qui les rend d'autant plus *introuvables*.

Et pourtant il faut trouver le moyen de vous faire connaître ces compatriotes qui ont la douleur de défiler, en filant leurs nœuds, hors de portée de vos beaux yeux et de vos petits cœurs...

Un des traits les plus noirs de la Mer Jolie!...

Le défilé en petite tenue a lieu, tous les matins, après l'inspection;

Le défilé en grande tenue a lieu, tous les dimanches, après l'inspection... lorsque le temps le permet...

Toujours sur le pont, sur le couvercle du sabot, entre les deux bastingages qui sont les rebords de ce couvercle, toujours loin de vos clairvoyantes prunelles, à moins que vous ne soyez passagères...

Mais c'est si rare et si passager, que même votre séjour à bord de l'*Introuvable* ne suffit point pour vous apprendre à choisir entre le gabier, le calier, le calfat, le timonnier, le chaloupier, le chef de pièce, le patron, le chauffeur, les maîtres, seconds-maîtres, quartiers-maîtres, etc., et que vous les confondez tous sous le nom de marins ou peut-être sous celui de matelots. Seulement, dès le premier jour, vous avez fait la connaissance du *commandant*.

Encore un privilége de sa position!

Oh! il les a tous.., les priviléges, dont le principal est de commander, raison pour laquelle il est commandant.

Si cette explication ne vous satisfait point... tant pis, je ne vous en donnerai pas d'autre.

IV

LE POT AU GOUDRON.

Les ordonnances de la marine appellent le commandant *capitaine*, — ce qui fait en apparence du mot *capitaine* le synonyme du mot *commandant*.

Ne vous fiez pas aux apparences. En mer surtout le mirage est trompeur.

Le commandant de la frégate l'*Introuvable* est capitaine de vaisseau. . . . .

— Une frégate est donc un vaisseau ?

— Non, Monsieur, une frégate est un navire de guerre de rang inférieur à celui d'un vaisseau.

— Eh bien alors, vos ordonnances en main, le capitaine de la frégate l'*Introuvable* est capitaine de frégate.

— Grave erreur ! il est capitaine *d'une* frégate.

— Diable ! voici une nuance délicate que n'a jamais soupçonné le dictionnaire de l'Académie française.

— Patience ! en fait de nuances et même de couleurs, vous en verrez bien d'autres. Suivez attentivement, s'il vous plait. Un capitaine de frégate a rang de lieutenant-colonel, corps d'épaulette en argent, un capitaine de vaisseau a rang de colonel, corps d'épaulette en or. Le commandant de l'*Introuvable*, vous le voyez, a des épaulettes de colonel. Gardez-vous donc de le faire descendre d'un grade dans la hiérarchie navale.

— Je n'y comprends rien, c'est égal, continuez.

— Je voudrais vous faire comprendre, moi.

— Merci !...je n'y tiens pas... *Commandant*, *capitaine*, *colonel*, tout cela m'est indifférent !... Mais au fait, s'il est colonel, pourquoi ne l'appelez-vous pas *colonel ?*

— Parce qu'un vaisseau n'est pas une colonne. Et puis, dans la marine, *colonel* serait une facétie de mauvais goût dont l'amiral Lorgnon était seul capable, pour se moquer des commandants placés sous ses ordres.

— Ah ! vous m'en direz tant !

— Apprenez, du reste, qu'à bord tous les noms de grades et tous les titres de fonctions sont de la même clarté que ceux du commandant de l'*Introuvable*.

— Ouf, quel pot au goudron !

— Écoutez bien... avec un peu d'intelligence et de bonne volonté vous en saurez bientôt aussi long que moi...

— Long... long est bien dit... passez donc, mon cher, ces détails qui font *longueur*.

Pot au goudron ! s'est-il écrié. — Tribord, babord, vergue, perroquet, galimatias et charabias ! s'écrient les autres. Et comment ne serais-je pas effrayé des difficultés de ma tentative?

Je voudrais être badin, je frémis... car l'inconnu inspire la peur ou au moins la défiance. On ne se livre, on ne rit qu'avec ce qui vous est bien familier. Les vieux calembourgs fussent-ils un peu rances, les jeux de mots bien connus, bien compris, bien rebattus, bien usés, sont les meilleurs... M. Scribe le professa.

Notre frégate l'*Introuvable* ne serait-elle donc rien moins que le fameux monstre marin au front large armé de cornes menaçantes?...

Ah!... (*soupir motivé de l'auteur...*)

— Par bonheur, madame la passagère, vous connaissez le commandant, et vous pouvez, d'un sourire dissiper mes alarmes, en m'aidant à faire son éloge.

— Il est charmant, poli, bien élevé, sans le moindre rapport avec ces grossiers ours de mer dont on nous parlait tant autrefois.

— Mille remercieinents, Madame et chère collaboratrice, entre nous, il est de bonne politique de flatter son commandant.

— Fi donc! je vous croyais au-dessus de ces petitesses.

— Moi, madame!...

> On ne peut trop louer trois sortes de personnes,
> Les dieux, sa maîtresse et son roi.
> Malherbe le disait. . . . .

Lafontaine répète Malherbe; Sterne a fait l'apologie de la flatterie, — et sans parler des Dieux, sans adresser aux dames, dont vous êtes le plus gracieux modèle, des compliments, trop sentis si je vous les adressais, — permettez-moi de dire que le commandant est roi du bord, roi très-absolu, roi tout-puissant pour nous rendre heureux ou malheureux en cours de campagne, et qui, la campagne finie, influe encore sur notre avenir par les notes qu'il nous donne.

— Louez donc, flattez donc, et soyez absous en faveur de l'intention.

— Oui, madame, en faveur de l'intention. Je prends mes intérêts, les intérêts sacrés de ma famille !... Je ne suis point père de famille, à la vérité, mais je pourrais bien le devenir !

— Votre désintéressement me touche. Poursuivez.

— Je ne poursuivrai pas sans vider une grave question de forme dont je prends pour juges le savant auteur du *Vieux Neuf*, Édouard Fournier, et le profond auteur du 101e à qui ma dédicace est adressée.

M'est il ou ne m'est-il point permis, sans être rococo, antique, solennel, rance, antédiluvien, fossile, mastodonte, etc,... etc .. de converser galamment avec une des aimables passagères de l'*Introuvable* ?

— C'est suranné... mais à force de vieillir, le vieux redevient neuf ; — c'est primitif, naïf et poncif,... mais il y a beaucoup d'amateurs de bric-à-brac.

— Doucement ! la principale question est de savoir si la passagère est jolie, agréable, séduisante, charmante, ou au contraire, si...

— Oh ! ne poursuivez pas, de grâce !... Elle est accomplie, incomparable, et littéralement *introuvable* !

V

LE COMMANDANT.

Le capitaine de vaisseau commandant de la frégate l'*Introuvable* est un officier *supérieur*, non pas seulement par l'épaulette, — fi du détestable quiproquo! — je veux dire achevé, consommé, excellent, parfait, plus que parfait!...

Bon marin — ceci va de soi et n'est ici que pour mémoire; — chef capable, digne, juste, indulgent. — Assez d'autres, à commencer par son officier en second, sont obligés d'être sévères. — Il se fait remarquer par l'égalité de son humeur, ne s'emporte jamais à tort ni à travers, et pourrait avoir un accès de goutte sans qu'aucun de nous en souffrît.

A la vérité, par une exception aussi rare qu'heureuse, quoiqu'il navigue depuis trente ans, il jouit de la meilleure santé. Il n'est atteint ni de gastro-entérite chronique, ni de maladie de foie, ni de rhumatismes, ni d'aucune de ces affections fâcheuses qui rendent maussade, fantasque ou brutal, et qui transforment la visite matinale du chirurgien-major au commandant, en une observation météorologique indiquant le temps qu'il fera dans le ménage flottant.

A bord de l'*Introuvable*, qu'il vente douce brise ou coup de foudreau carabiné, qu'il gèle à empeser les basses voiles comme des jupons de financières, ou que les ardeurs d'un soleil torride fondent le goudron comme la cire, la neige, la vertu d'une coquette ou l'amour-propre d'auteur, qu'il pleuve, qu'il tonne, c'est égal, le baromètre moral est toujours au beau fixe et le thermomètre des esprits marque toujours une quinzaine de degrés au-dessus de zéro.

Le commandant de l'*Introuvable* a de quarante-cinq à quarante-sept ans, et loin de paraître plus âgé, il a l'air sensiblement plus jeune.

La navigation qui vieillit prématurément ses collègues l'aurait-elle donc reverdi ? Ou bien a-t-il retrouvé la source mystérieuse de Jouvence ? Il n'est ni maigre, ni jaune, ni obèse, ni cramoisi, ni chauve et sans dents autres que des osanores, ni raide, ni voûté, ni déformé par ses glorieux services.

Une si merveilleuse chance doit contribuer à cette uniformité de caractère qui le rend si aimable.

Ajoutez à cela que, plein de confiance en ses officiers dont il apprécie les mérites, il ne paralyse point leur zèle en se mêlant de détails au-dessous de lui. A d'autres de se travestir en caporaux. Il n'a jamais fait une scène pour un coup de balai mal donné ou pour un bouchon d'étoupe accroché par le vent dans le gréement du navire.

Il a le sentiment de sa dignité, bien qu'il n'en abuse pas pour des vétilles ; il garde son rang sans hauteur et sans familiarité, mais sa réserve n'exclut point la grâce, car, homme d'esprit, de tact et de goût, il sait se créer des occupations, lorsque le service ne lui en donne point. Il ne se prodigue pas, vit presque seul, et n'est, cependant, ni ennuyé, ni ennuyeux. D'honneur, il a l'étoffe d'un diplomate.

A tous égards, il représente admirablement, en France, à l'Etranger, en rade et en mer. Les commodores, *captains*, consuls et autres dignitaires peuvent l'attester ; son état-major à l'unanimité lui délivrerait, au besoin, un certificat d'honorabilité supérieure. Ce n'est pas lui qui économise sur ses traitements ! fi donc ! il y met du sien, et quand ses revenus sont insuffisants, il ébrèche son capital.

Dans notre siècle positif, on le traitera de prodigue jusqu'à la folie et de calculateur détestable. Ses latitude et longitude quotidiennes démentent cette dernière accusation; aussi le docteur Esturgeot, connaisseur émérite, disait-il à sa louange :

« Le commandant de l'*Introuvable* est excellent calculateur astronomiquement et gastronomiquement. »

Bref, nul mieux que lui ne fait les honneurs d'une table de commandant, à tel point qu'il en remontrerait à plus d'un amiral.

Il déteste ou tout au moins dédaigne la popularité ; — est-ce pour cela qu'il est populaire ?

Il s'est toujours abstenu de dire un mot facétieux en présence de ses subalternes assemblés ; que voulez-vous ? il ne veut pas être bouffon. Mais, d'un autre côté, loin d'éprouver le besoin puéril de faire sentir son autorité souveraine, il empêche les gens tâtillons et méticuleux de tourmenter inutilement son équipage.

— A la mer, dit-il, les mauvais temps, les dangers, les privations, les devoirs du service et les nécessités de la vie en commun dans un espace étroit, causent bien assez d'ennuis, sans que par l'exagération de la discipline, on se fasse souffrir les uns les autres.

Ah ! commandant !... comme vous parlez bien !

A son bord, on sert dix fois mieux et l'on punit vingt fois moins qu'à bord du vaisseau du commandant Bonhomme, la *Pétaudière*, de cent-un canons. — Pourquoi ?... comment ?... je vous le laisse à deviner.

Le commandant de l'*Introuvable* avec son extérieur froid ou même un peu guindé — qui doit tenir à la forme de son col-cravate — est populaire, malgré lui, vous le savez, — aimé de son état-major qui ne murmure jamais contre ses ordres, — vénéré par les aspirants qui ne le chansonneront jamais, — vanté par les maîtres et les seconds maîtres, grognards d'eau salée qu'il ne fit jamais grogner, et adoré par les matelots qui n'ont à son sujet, que deux refrains à la bouche :

Les jours de mécontentement : « Ah ! si le commandant le savait ! »

Les jours de contentement : « Vive le commandant de l'*Introuvable !* »

VI

LE LIEUTENANT.

Officiers en tête de chaque compagnie, division ou subdivision, l'équipage est en rangs, — tambours et clairons au pied du grand mât.

On ne défile pas encore ; tranquillisez-vous, on défilera.

Mais il faut d'abord que le commandant suivi de son second, du chirurgien-major et du commissaire, inspecte tout son monde.

Quant à nous, avant de passer à ceux qui sont inspectés, nous devons, — à tous seigneurs, tout honneur — observer un peu mieux ceux qui inspectent.

Le premier d'entre eux est avantageusement connu, mais le second ou commandant en second, ou officier en second, le *lieutenant* tenant lieu du premier si le premier s'absente, aie! aie! c'est une autre affaire!

Quel poste!... quelles fonctions!... quels tracas!... quelles douleurs!...

On n'est bon lieutenant qu'à la condition d'être ou au moins de paraître méchant.

Il passait pour méchant en diable, le second de notre frégate...

Eh bien ! figurez-vous que moi, son ami intime, je le tiens pour le meilleur garçon des cinq parties du monde, et quand il commandera, je vous jure qu'il sera le digne pendant du commandant de l'*Introuvable*.

Représentant direct de l'autorité, marteau frappant incessamment sur l'enclume, éditeur responsable de toutes les mesures désagréables ou sévères, de tous les ordres contrariants, cheville ouvrière du mécanisme, impitoyable défenseur de la discipline, argus aux cent yeux et aux cent oreilles, censeur perpétuel, chargé de tous les détails et de tous les mouvements généraux, il fait, — à parler franc, — le plus chien de métier qu'on puisse faire sur la mer jolie.

Tant que dure la campagne, depuis le lever de l'aurore, jusqu'au retour de la même ou plutôt de chaque autre aurore, il est à l'œuvre, sans qu'aucun couchant amène pour lui l'instant du repos.

A bord de l'*Introuvable* pourtant il n'était pas trop à plaindre, car...

Le commandant n'ayant jamais de caprices, le lieutenant n'avait qu'à exécuter et maintenir, une fois pour toutes, ses ordres une fois donnés.

Mais à bord de la *Fantasque*, dont le capitaine changeait de manière de voir et de commander à chaque changement de vent, l'infortuné second était forcé d'avoir avec la girouette des rapports tels que la tête lui en tourna. — Certains niais ont prétendu que ce fut faute de suite dans les idées !...

VII

OU IL SERA PARLÉ DU DOCTEUR.

— Une simple question, s'il vous plaît.

— Laquelle, monsieur ?

— Pour ne point manquer aux convenances, comment faut-il désigner votre commandant en second ou lieutenant ?

— Oh ! grâce ! miséricorde !... laissez-moi... la réponse est trop compliquée !... Suivant son grade, en lui parlant ce sera *commandant*, ou *capitaine*, ou *lieutenant*, mais en parlant de lui le *commandant en second*, le *capitaine de frégate* ou le *lieutenant* ou *le*... Oh tenez! contentons-nous pour nous entendre de dire *le lieutenant*.

Qu'il reste en butte aux malédictions de messieurs les aspirants de marine dont il est le cauchemar, — aux grognements des maîtres dont chacun des détails relève de son contrôle — aux murmures des matelots qui redoutent, à bon droit, sa police et sa justice, — et aux lamentations des mousses, enfants terribles qui le forcent à être plus terrible qu'eux ; — qu'il soit honni du fin fond de la cale jusqu'aux sommets de la mâture; et saluons du titre académique de *Docteur* notre gracieux chirurgien-major.

— Ah quel bonheur!... je m'y reconnais... en voici un qui ressemble, comme deux gouttes de laudanum de Sydenham, à un de ses collègues de l'armée de terre.

— A quelques ancres brodées près, vous avez raison, seulement n'allez pas le répéter au moins, vous me feriez du tort au Val-de-Grâce, il est...

— Eh bien! vous balbutiez, vous hésitez?

— Il est... beaucoup plus savant.

— Vrai?

— Pas un mot de plus!.. le commissaire serait capable de nous entendre, d'en dresser procès-verbal, et ensuite il y aurait du bruit dans Landerneau.

VIII

LE COMMISSAIRE.

— Le commissaire !... ô Mystère !... *Un commissaire de marine*, n'est-ce pas?

— Oui, sans doute ! le commandant inspecte généralement, le lieutenant spécialement, le docteur médicalement et le commissaire administrativement... Mais qu'avez-vous donc, vous rougissez, je crois ! Vous regardez à droite, à gauche, derrière vous...

— Je voulais m'assurer que ma femme ni ma fille ne pussent nous entendre...

— A cause du commissaire! un jeune homme parfaitement élevé, de bonne famille...

— Possible !... mais, vous le dirai-je, sa tenue au bal de l'Opéra était si décolletée que je m'étonne de le voir ici en frac galonné d'argent, pantalon galonné d'argent et chapeau monté galonné de même.

— Ceci est sa grande tenue.

— Eh bien! c'est sa petite... sa très-petite tenue qui me fait rougir pour ma femme; quelques feuilles de lierre ou de vigne, sur un maillot couleur de chair. Vous riez!... Tous les commissaires de marine que j'ai vus jusqu'ici n'avaient pas d'autre uniforme, et ils polkaient, ils galopaient, ils valsaient à déconcerter les débardeurs!

— Je m'aperçois, cher Monsieur, que, sans en rougir pour Madame, vous fréquentez plus volontiers les bals de l'Opéra que les bureaux du Ministère de la Marine, des classes de la Marine, des revues et armements de la Marine, etc., etc... Sans quoi, vous auriez vu plus de commissaires en redingote bleue et en lunettes vertes que couronnés et ceints de lierre.

— Ah! vous me charmez, j'ai un faible pour les lunettes vertes, elles adoucissent la vue.

— Le déguisement de Carnaval appelé *Commissaire de Marine* est un souvenir burlesque de la marine de Bercy, du port-aux-vins, des vendanges de Bourgogne et des bains de rivière. Notre commissaire est sérieux... Commis d'administration de la frégate dont il tient le rôle d'équipage et les écritures, il agit sur les cordons de la bourse comme agent comptable et payeur, il enregistre tout ce qui se consomme, matériel et vivres.

— Y compris le vin?

— Y compris le vin qui, cependant, coule plus abondamment sous les auspices d'un de ses subalternes, le maître commis ou commis aux vivres, dont les vertus seront célébrées au chant *des Mystères de la Cambuse.*

— Ah! très-bien!... Et qu'appelez-vous cambuse?

— L'office, la dépense du bord, autre profond où, trois fois par jour, a lieu la distribution des vivres. Mais ma lyre n'est pas accordée, et vous ne me forcerez point de déflorer mon grand poème sous-marin.

IX

LES SURNUMÉRAIRES.

« Premier rang !... Deux pas en avant. Marche !... »

— Voici la moitié de l'affaire faite ; le commandant et sa noble escorte commencent l'inspection du second rang... Mais, pardon ! vous me parliez ?

— C'est que j'aperçois là-bas, tout au bout, un groupe assez nombreux qui m'intrigue.

— Au fait, il n'est pas mal intriguant.

— Tandis que vos marins sont en uniforme, ces gens-là portent, les uns, des habits noirs, des redingotes ou des vestes de couleur, les autres des tourons à bouton de métal blanc.

— Ce groupe intéressant se compose des surnuméraires, non marins, non combattants, bourgeois du gaillard d'avant, utilités et comparses, indisciplinés, presqu'indisciplinables, les supplices vivants du lieutenant et les bêtes noires de son capitaine-d'armes ou adjudant de police intérieure. A l'exception du magasinier, subalterne direct du commissaire pour ce qui concerne le matériel, et, comme tel, collègue du commis aux vivres déjà signalé, — tous les autres boutons blancs appartiennent aux subsistances de la marine. Vous voyez là les héros de nos *Mystères de la Cambuse*, distributeurs de rations ou cambusiers, riz-pain-sel, vulgairement rogne-portions, phalange infernale dont les exploits échappent aux plus clairvoyants et que l'aveugle Milton eût renoncé à décrire. Voici le second commis jadis maître-valet, voilà le tonnelier, le boulanger, le coq et ses aides. .

— Le coq!... que signifie coq?

— Cuisinier, monsieur, du latin *coquus*, en anglais cook, — une très-grande utilité, j'en réponds. C'est lui qui fait le café ou la panade-turlutine, qui trempe la soupe, qui cuit le bœuf, le lard, les haricots ou fayots, les pois et les gourganes. Père nourricier de nos quatre cents matelots, il est le plus matinal des hôtes du bord, ce qui justifie d'autant son heureux nom de *coq*.

— Chante-t-il bien?

— Comme un homme enrhumé par profession. Toujours le ventre au feu, le dos toujours exposé aux vents coulis des sabords, ce pauvre coq sans plumes aurait un besoin perpétuel de laits-de-poule, mais il préfère le tafia.

— Ne disputons point les goûts ; — et les autres bourgeois?

— Ce sont : les infirmiers, les domestiques entre lesquels on remarque le maître-d'hôtel du commandant s'intitulant *officier de bouche*, le cuisinier du commandant, artiste culinaire se qualifiant volontiers de *chef d'escadre*, le maître d'hôtel et le cuisinier de l'état-major, rivaux des deux précédents, le factotum des aspirants de marine, infortuné gâte-sauces qui, s'il faut l'en croire, a occupé une belle position dans le monde, — et enfin le perruquier-barbier-coiffeur qui s'indignerait d'être traité de *frater !...*

— Cravate bleu de ciel, gilet rose, pantalon noisette, redingote marron, chevelure en coup de vent, chapeau gris posé sur l'oreille, gants de filoselle écrus, bas chinés, souliers jaunes, aspect séduisant ?. .

— Vous l'avez reconnu.

— Ce n'est pas le seul ! à ses éblouissantes breloques de montre, je reconnais en ce gros monsieur à triple menton votre riz-pain-sel en chef, le maître commis aux vivres.

— Ah !.. vous empiétez sur la description du premier sujet des mystères de la cambuse.

X

DÉFILÉ.

« Roulement!... »

— Attention! le grand défilé va commencer; le lieutenant commande :

« Garde à vous, équipage!.. Par le flanc droit, — droite!... Pas ordinaire, marche! »

— Je n'entends pas votre question, les tambours, fifres et clairons en sont la cause.

Le commandant et son état-major inspectant assistent au défilé qui a lieu autour du pont en dépit des obstacles accumulés sur la route par l'architecture navale ou le gréement. Le grand étai (gros cordage fixe qui n'a aucun souci de la parade militaire) contrarie par là-bas les baïonnettes; les mâts de rechange, les affûts de canons et autres meubles meublants font faire des zigzags aux serre-files; les rebords des panneaux rendent parfois assez extraordinaire le pas ordinaire battu par les tambours.

2*

C'est égal ! le défilé s'opère majestueusement.

Les lieutenants de vaisseau capitaines de compagnie, les enseignes de vaisseau leurs lieutenants respectifs, et les aspirants de marine leurs sous-lieutenants font circuler la cohorte à travers les sinuosités du terrain de manœuvre.

Parfait ! superbe ! Bravo l'*Introuvable !*

S'ils défilent comme ça en faisant casse-cou...

« — Baissez les fusils ! — Défie de l'échelle ! — Gare au panneau ! — Veille au cartahu ! — Prends garde à la drome (1) ! — Au pas donc ! tu me marches sur les talons ! — Tant pis pour toi ! — A bas le troupiage ! — Silence dans les rangs ! .. »

. . . . Qu'ils défileraient bien sur le champ de Mars!...

En conséquence, deuxième tour au pas accéléré !

Après quoi, la tête de colonne marque le pas.

— Sur l'avant serrez en masse !

— Rompez les rangs !... marche !

Les tambours battent la breloque, — breloque plus brillante encore que celles du maître commis.

— En voilà pour une semaine !... Ouf ...quelle corvée !... les fusils aux rateliers, les sacs dans les caissons !

L'équipage se débarrasse de ses gibernes et de ses armes.

Le commandant rentre dans son appartement.

Et les officiers se hâtent de restituer à leurs boîtes à

(1) Drome, ensemble des mâts, vergues et autres espars de rechange, formant faisceau sur le pont. Ne pas confondre avec les trois rivières et le département de même nom, ni avec la racine de dromadaire.

chapeau leurs tricornes biscornus qu'on n'arbore guère, à bord de l'*Introuvable*, que pour la parade du dimanche.

Heureux et fier du défilé en grande tenue et en armes, le capitaine d'armes attend dimanche prochain à pareille heure.

XI

LA MAISTRANCE.

— Tiens! pourquoi cela ?... quel homme est-ce donc que votre capitaine d'armes? quel plaisir peut-il prendre à un défilé qui m'a l'air d'ennuyer tous les autres?...

— Bon! vos questions vont m'obliger à faire autant de zigzags qu'en faisaient nos serre-files tout à l'heure! — Je comptais parler de l'état-major, des officiers de vaisseau et des aspirants de marine à peine entrevus, défilant le sabre en main, et, avec votre capitaine d'armes, vous me jetez en pleine maistrance.

— *Maistrance*, dites-vous?

— Oui, maistrance ou petit état-major, la réunion des spécialités caractéristiques, des types tranchés, l'assemblage des contrastes, l'échantillon ou plutôt le modèle des diverses variétés du genre, l'ensemble des premiers maîtres et des maîtres.

Aux qualités individuelles près, deux officiers du même grade se ressemblent et sont aptes, l'un et l'autre à remplir les mêmes fonctions. Parmi les membres de la maistrance c'est tout l'opposé!

Voilà certainement l'une des différences fondamentales de l'armée de mer avec l'armée de terre, où un adjudant est à un autre adjudant, comme un sergent est à un autre sergent, comme un caporal est à un autre caporal.

A bord, au contraire, autant de premiers-maîtres (adjudants) ou de maîtres (sergents-majors ou sergents), autant de figures dissemblables.

Passons-les rapidement en revue.

I.

Le maître de manœuvre ou d'équipage, — *le maître*, proprement dit, maître Filin pour l'appeler par son nom, selon l'usage de tous les gens de l'*Introuvable*, un marin, un matelot fini, un vrai, un vieux de la vieille... qui a bien du chagrin, allez ! .. *« du depuis la vapeur ! .. »* Un sifflet est son emblème.

II.

Le maître canonnier, — artilleur marin que représenterait assez bien un refouloir à manche de corde. — Pas mécontent. Il fait cas des capsules et des hausses de tir. Longtemps il avait cru qu'il n'y avait de canons de quarante-huit qu'à terre, et de quatre-vingt qu'en paradis, — et il voit de ses propres yeux à ses propres sabords du cinquante et du quatre-vingt. — D'ailleurs sous le rapport du canonnage, l'éducation maritime ne laisse rien à désirer. C'est pourquoi les modernes trouvent grâce devant lui.

III.

Le capitaine d'armes. — Nous y voici donc, soyez satifait!... — Un soldat habillé en marin, et qui regrette un peu par moments son récent changement d'uniforme. — A bord du brig *le Cuirassier* où il fit sa première campagne de mer, il portait encore le bonnet de police et le pantalon garance. A bord de la corvette *la Légère*, il avait déjà le pantalon bleu; mais en revanche, il se coiffait d'un képi. — Alors, en petite tenue, chacun des membres de la maistrance conservait quelques signes extérieurs de sa spécialité. Cet heureux temps n'est plus. Les derniers règlements ont obligé le capitaine d'armes à renoncer à son col noir de formidable dimension. Rigide observateur des ordonnances et des consignes dont il est l'incarnation navale, il fit courageusement ce dernier sacrifice. Il immola jusqu'à ses guêtres sur l'autel du bon exemple. Ses talents militaires n'en ont pas souffert par bonheur; il n'en commande pas moins bien l'école du soldat, de peloton, voire de bataillon. Et quant à la police diurne et nocturne, s'il ne la fait pas mieux que par le passé, c'est qu'il la fit toujours dans la perfection. — Une carabine et le carnet aux punitions sont ses principaux attributs. — Quant à ses attributions, elles restent innombrables. (Voir les articles 329 à 387 du *Règlement sur le service intérieur.*)

IV.

Le maître de timonnerie, — par deux *n*, selon l'étymologie et les ordonnances jusqu'à celle de 1827 inclusivement, — de timonerie, par un seul *n* selon le règlement de 1851 et l'Académie française, — le chef de timonnerie, par abréviation *le chef*, mais plus poliment, en parlant à sa personne, Monsieur un tel, à bord de l'*Introuvable* Monsieur de Bezout, navigateur émérite, calculateur, rédacteur en chef du journal nautique ou table de loch, chargé des boussoles, du gouvernail, de la pavillonnerie, des girouettes, des signaux ; le savant de la maistrance, — jadis confondu avec *le pilote* dont il est désormais complétement distinct, — homme aimable en société, bien digne de ses fonctions qui le retiennent sur le gaillard d'arrière, du nom qu'il porte et enfin de ses armoiries :

« Champ d'azur semé d'étoiles, en chef un soleil d'or à dextre, une lune d'argent à senestre, en pointe un bateau de loch flottant sur une mer au naturel. »

Sous sa haute direction, de demi-heure en demi-heure, on jette à la mer le loch pour savoir combien on file de nœuds ou de mille marins. -- Ignorez-vous ce que c'est que le loch et le bateau de loch ?... (S'adresser à un simple pharmacien de la marine, ou mieux à un professeur d'hydrographie, ou beaucoup mieux encore au *Langage des marins*, un fort volume in-8°, pas ennuyeux du tout, par l'auteur.)

V.

Le maître-mécanicien...

— Ah ! l'*Introuvable* est donc une frégate à vapeur ?

— Comme vous devinez cela !.. En vous voyant sous l'habit militaire, j'ai deviné que vous étiez soldat ! a dit l'auteur de *Michel et Christine*.

— Bien ! Moquez-vous de moi. Pourquoi donc en parlant du *Contenant*, § I. n'avoir soufflé mot ni de la chaudière, ni de l'hélice, ni de la machine, ni du grand tuyau, puisque vous citiez les mâts et les voiles ?

— Ingrat ! je vous ménageais une petite surprise analogue à la mienne, le jour où je vis pour la première fois fumer mon *Introuvable* que, six mois auparavant, j'avais laissée frégate à voiles sans ombre de mécanicien à son bord.

Abasourdi, interloqué, médusé, n'osant en croire mes yeux, je fis usage de ma langue et de mes oreilles. J'interrogeai des gens dignes de foi et j'appris... ô progrès ! ô miracles de la science ! ô prodiges qui rentrent dans le domaine du fantastique, comment la métamorphose s'était opérée !

Un beau matin, on remonta la frégate en terre ferme sur la cale où elle avait été construite, on la coupa en deux comme une motte de beurre, et on l'allongea par le milieu de la quantité nécessaire pour lui introduire dans le ventre une machine à vapeur avec laquelle s'introduisit le maître mécanicien dont l'écusson mérite d'être connu.

« Sur un fond noir de fumée (sable) un piston et un ringard allumés de gueules en sautoir, l'hélice d'azur brochant sur le tout. »

Un cinquième premier maître s'annexa ainsi aux quatre précédents, et c'est depuis lors que notre brave maître Filin a les chagrins que vous savez.

Les cinq épaulettes d'adjudants sous-officiers sont épuisées, passons aux galons, — voici venir les maîtres ouvriers ou *maîtres de profession* (technique.)

VI.

Le maître charpentier... Hache, herminette, scie et marteau.

VII.

Le maître voilier. — Toile, ciseaux, aiguilles et fil à coudre.

VIII.

Le maître calfat — *aliàs* bijoutier — brai, goudron, étoupe, guipon, bec à corbin, patara, maillet et autres instruments non moins délicats ; pompeux pompier chargé de toutes les pompes du bord, il est fier de ses œuvres et sourd par profession. — Qu'est-ce qu'un canon qui éclate auprès d'un maillet chanteur ?

IX.

. . . . (*pour mémoire*).

X.

Le maître armurier. — Il est aussi vitrier.

XI.

Le maître forgeron. — Il est aussi serrurier.

Ces deux derniers, parfaitement distincts à bord de l'*Introuvable*, se fondent sur les plus petits navires en un seul personnage : maître armurier forgeron, vitrier et serrurier par-dessus le marché.

Vous connaissez LA MAISTRANCE !...

Mais ce neuvième remplacé *pour mémoire* par une ligne de points?

XII

LE PILOTE.

Hélas ! il faudrait un volume pour faire l'histoire de sa grandeur et de sa décadence.

Il fut pendant des siècles le premier officier du navire, le marin, le savant, le navigateur, le magister, le docteur ès-sciences navales, qui prenait ses grades de bachelier et licencié dans les universités maritimes avant de ceindre le bonnet carré ou *pileus*, insigne de son doctorat.

Il s'est appelé Tiphys pour les Argonautes, Palinure dans l'*Enéide*, Christophe Colomb, Améric Vespuce, Verazzani, aux temps de sa splendeur.

Il était LE PILOTE, le pilote hauturier, dirigeant le navire sous tous les rapports, navigation et manœuvre.

Mais les amiraux et les capitaines de vaisseau s'étant peu à peu avisés de se faire marins, manœuvriers et navigateurs, le rôle du pilote s'amoindrit.

D'officier devenu simple premier maître, il apparaît encore dans nos ordonnances jusqu'à celle de 1765, avec toutes les fonctions attribuées ci-dessus au chef de timonnerie ; à cette époque il continuait à professer, article 838, titre LXX :

« Sous voiles et en rade, le pilote donnera des leçons réglées de navigation aux Gardes du Pavillon et de la Marine, (messieurs les aspirants de nos jours.) »

Et maintenant il passe hiérarchiquement après le maître calfat.

Il est pilote cotier.

La grande navigation, la manœuvre, l'art et la science de la mer ne le regardent plus.

Il ne reconquiert son importance qu'en vue des côtes très-peu étendues qu'il a spécialement étudiées. Alors, à la vérité, son rôle redevient grand, parfois même sublime, avec sa responsabilité de quelques heures, mais...

En cours de campagne, il est oisif et triste, condamné qu'il est à ressembler à une sorte de doublure du chef de timonnerie.

A bord de l'*Introuvable* nous n'avons pas de pilote dans la maistrance.

En vue de certains parages difficiles, on appelle par un signal un *lamaneur*, pratique du pays, *loc man* (homme du lieu) qui, — son affaire faite, — s'en retourne chez lui avec sa barque.

Bonsoir donc et adieu au Pilote !

Il était tout autrefois et maintenant il ne fait même plus partie intégrante du personnel.

Sic transit gloria mundi ! M'écrierais-je si j'osais parler latin...

Et si, plus audacieux encore, je ne craignais pas de me

faire une réclame de librairie, je vous dirais : — Lisez la note amicale qui figure au bas de la présente page!... (1) »

(1) Le chapitre VII du TABLEAU DE LA MER au volume *La Vie Navale*, intitulé : « Les Pilotes et le Pilotage, » est sans contredit, l'un des plus émouvants et des plus intéressants chapitres de cet ouvrage de notre collaborateur. (*Note de l'Éditeur.*)

XIII

FOURBISSAGE... DE DIX VARIÉTÉS DU GENRE MARIN.

Je ne suis plus trop fâché, réflexions faites, d'avoir colloqué LA MAISTRANCE au cœur de l'*Introuvable*, comme le noyau d'une pêche ou plutot comme celui d'un peloton de ficelle.

Et maintenant, deviderai-je les officiers qui, sous les ordres du lieutenant chargé de tous les détails, sont spécialement chargés chacun du détail d'un ou de plusieurs maîtres?

— Non !... Par le temps grammatical qui court, on comprend assez qu'aucun des *maîtres* n'est assez *maître* pour n'être point soumis au contrôle d'un chef direct, si bien qu'il y a un officier de manœuvre de qui relèvent maître Filin et son gréement, un officier de canonnage qui commande et inspecte l'artillerie, un officier chargé de la timonnerie qui surveille le département de M. de Bézout, et ainsi de suite.

Deviderai-je l'équipage qui se subdivise en groupes de subordonnés soumis directement à chacun des maîtres?

— Oui !... car c'est par là que se distinguent les uns des autres ces nombreux marins qui, tous dans la même tenue, défilaient tout-à-l'heure sous nos yeux.

Or, en supposant que vous sachiez qu'un *second maître*, parfois aussi *contre-maître*, est un sergent, et qu'un *quartier-maître* est un caporal, tout est dit quant aux sous-officiers ou *officiers mariniers*.

Sincèrement, je crois que vous le savez déjà aussi bien que moi :

Un second maître ou un quartier-maître de manœuvre sont par rapport à maître Filin,

Comme un second maître ou un quartier-maître de canonnage à l'égard du maître canonnier,

Comme un second maître ou un quartier-maître de timonnerie relativement à M. de Bézout leur chef,

Comme un sergent-d'armes ou un caporal-d'armes envers le capitaine d'armes leur adjudant,

Comme... (Voir plus haut les maîtres mécanicien, charpentier, voilier et calfat.)

. . . .

— Dans leur marine, disait Beau-Soleil, sergent de grenadiers au 1er bataillon du 101e de ligne, passager sur l'*Introuvable*, tout est au rebours du bon sens et de l'armée de terre. Ils appellent commandants les colonels, et le plus ancien de leurs capitaines est *le lieutenant*. En voilà de l'avancement à rebrousse poils. Chez nous, le quartier-maître est un capitaine, chez eux les quartiers-maîtres sont des caporaux. Débrouille-toi là-dedans ! Ils appelleraient général un conscrit que ça ne m'étonnerait pas. Voilà mon sentiment de troubadour.

Ce sentiment militaire est partagé par le civil et surtout par les auteurs de mélodrames maritimes dont le boulevard est inondé tous les quatre ou cinq ans.

— Mais vous, Monsieur, mais vous qui avez eu la constance de me suivre jusqu'ici, dites-moi, ne vous semble-t-il pas que le chaos se débrouille ?

— Heum ! Heum ! médiocrement.

— Eh quoi ! ne voyez-vous pas qu'un bâtiment de guerre n'est pas simplement une caserne, et qu'un équipage n'est point un régiment où un soldat fait d'ordinaire, à peu de chose près, le même service qu'un autre soldat.

En tant que corps flottant et naviguant, un bâtiment de guerre a besoin d'être manœuvré et dirigé.

Pour la manœuvre il faut des matelots experts, des hommes qui, dès l'enfance, se soient exercés à toutes les difficiles opérations relatives aux voiles, aux cordages et aux apparaux marins tels que les ancres ; ceux-là sont les gens de prédilection du maître de manœuvre, leur maître et leur oracle. Ah ! quel profond dédain ils ont pour le troupiage et pour la vapeur !... Leurs principaux travaux ayant lieu dans la mâture, ils empruntent le nom de *gabiers* aux *gabies*, aujourd'hui les hunes, vastes plateaux qui, fixés en tête des bas mâts, sont leurs postes aériens.

Les Gabiers sont des marins d'élite, des matelots accomplis, des hommes précieux entre tous, et pardessus le marché, les vrais *grenadiers* des armées de terre et de mer, puisque seuls ils lancent encore des grenades.

Cependant, au moment où je parle, ils sont en disgrâce, car la marine est atteinte *d'artillo-mousqueto-vaporo-technie aiguë.*

Le maître canonnier est satisfait,

Le capitaine d'armes applaudit et rutile,

Le maître mécanicien triomphe,

Mais le maître de manœuvre gémit, et ses gabiers l'imitent, et je serais tenté de gémir avec eux, si je ne savais qu'on finit toujours par rendre hommage au vrai mérite.

Ah! pourvu que nous n'apprenions pas à nos dépens que, dans la marine, les marins sont et seront à jamais les hommes les plus utiles en temps de guerre comme en temps de paix, à l'ancre et au large, toujours et partout... en dépit de la vapeur, des cuirasses, des *Merrimac,* des *Monitor* et de tous les engins du diable d'Amérique.

Combien de temps faut-il pour faire d'un gabier un canonnier excellent, un fusilier qui ne manque jamais son coup, un chauffeur infatigable? — Quelques jours, quelques mois au plus, l'expérience l'a prouvé mille fois.

Renversez la question, et vous n'y répondrez point, je vous en défie, par un nombre précis d'années.

C'est qu'on devient cuisinier et qu'on naît rôtisseur, comme disait Brillat-Savarin.

Le Gabier est le matelot-né, le matelot pur sang, l'homme propre à tout, l'homme pour qui tous les autres métiers sont jeux d'un apprentissage facile, parce que l'apprentissage du sien est infini, parce qu'il ne peut rien faire par routine et que, forcé de penser toujours à ce qu'il fait, il risque à chaque instant sa vie sans y penser.

Voyez-le, au bout d'une vergue, la nuit, par un gros temps, malgré la pluie, le givre et la tempête, il travaille des deux mains, donnant toute son attention à son opération périlleuse et n'accordant que la moindre partie de son instinct à conserver l'équilibre au-dessus du gouffre prêt à l'engloutir.

Tenez, je m'enthousiasme et je m'étais promis de. . .

Parlons du fourbissage.

Non, pas encore. J'oubliais les frères sous-marins des gabiers, les caliers qui manœuvrent obscurément à fond de cale les cables, les chaines, les poulies énormes, les cordages appelés *cartahus* qu'on n'utilise que momentanément dans la mâture, et mille autres objets d'approvisionnement ou de rechange, placés, déplacés, arrimés, réarrimés sans trêve par ces infatigables matelots qui sont aussi de la famille intime du maître d'équipage.

Le gabier est rouge et bronzé, le calier est pâle et jaune. Autrefois, dans le bon vieux temps, de tout le cours d'une campagne le gabier ne descendait pas de sa hune, le calier ne sortait pas de sa cale. Les règlements actuels ont mis bon ordre à cet excès d'amour des marins pour leurs postes spéciaux, passion funeste aux caliers qui dépérissaient dans leur sépulcre nauséabond.

Regrette qui voudra le bon vieux temps !...

Tous les matins, après le lavage des ponts, commence *le fourbissage*.

« Dis-moi ce que tu fourbis, je te dirai ce que tu es. »

Les gabiers fourbissent les *cabillots*, chevilles de fer ou de cuivre qui servent au tournage des cordes mobiles.

Le fourbissage de tout ce qui est exposé au frottement ou des ornements de cuivre dans une pièce d'artillerie, crocs, boucles, pitons, gobelets, couvre-lumière, est l'affaire des matelots du canonnage soumis aux ordres directs du maître canonnier.

Les chefs de pièce, (souvent quartiers-maîtres,) et les chargeurs sont hommes d'élite.

Les autres servants, pris dans la masse des matelots ordinaires, les aident au fourbissage, comme à l'exercice, comme au combat ; mais ces servants qui servent à tout et à tous ne sont pas plus canonniers que gabiers. On les retrouve, sous le nom collectif d'*hommes* ou *matelots du pont*, confondus avec les gens qui n'ont droit à aucune dénomination spéciale.

Les hommes du pont tirent la ficelle, balayent, montent la garde, hâlent les avirons dans les canots dont cependant chaque équipage porte un nom obligé. De là, une classification nouvelle en chaloupiers, canotiers du commandant, grands canotiers, petits canotiers...

Le fourbissage des habitacles de boussole et de tous les éblouissants accessoires de cuivre qui les entourent forcément, — car on ne saurait faire usage du fer dans le voisinage immédiat de l'aiguille aimantée, — le fourbissage des ornements de la roue du gouvernail et des décors resplendissants du gaillard-d'arrière est dévolu aux timonniers, jeunes *lettrés* attachés, comme de raison, au service de la Timonnerie.

Parmi ces messieurs qui n'ont pas toujours pour M. de Bezout tout le respect convenable, — la littérature est si perverse! — on ne trouve guère d'autres marins que deux ou quatre timonniers-sondeurs, lesquels sont encore matelots d'élite et décorés comme tels du simple galon de laine.

A part ces derniers qui ne tarderont point à être officiers ou capitaines dans la marine marchande, les autres littérateurs de la timonnerie sont des parisiens, des champenois, des jeunes gens de famille, de très-jolis sujets fort au regret du coup de tête qui les a placés à bord de l'*Introuvable* et jurant un peu tard qu'on ne les y reprendra plus.

Les sémillants fourriers, — collaborateurs assidus du commissaire pour la rédaction des livrets des matelots, — sont généralement du nombre de ces poëtes bien plus capables de chanter le timon que de le manier.

Aussi, sauf les exceptions déjà faites, messieurs les timonniers n'y touchent-ils qu'à l'heure du fourbissage.

En mer, pour gouverner, on prend des gabiers qui se relèvent d'heure en heure à la roue du gouvernail et sont appelés *hommes de barre*. Ceux-ci sont alors les vrais *timonniers*, puisque le timon est la barre du gouvernail mise en mouvement par la roue qu'ils manœuvrent.

Distinguez donc, s'il vous plaît, entre timonniers et timonniers comme entre versification et poésie.

Le fourbissage de la machine est naturellement le devoir des chauffeurs que surveillent, pour cette opération essentielle, le maître et les seconds maîtres-mécaniciens. Oh! là, ce n'est plus chose de luxe et de parade!...

En quoi les matelots eux-mêmes approuvent l'œuvre des

chauffeurs, et Dieu sait pourtant quelle est leur aversion pour le fourbissage!...

Le lieutenant d'une frégate hollandaise imagina la plaisante punition de faire fourbir, par chaque délinquant, une petite surface de l'une des ancres qui, déjà vers le milieu de la campagne, reluisaient comme deux broderies d'acier fixées au collet du bâtiment.

L'épithète de *cabillot* que le matelot inflige au soldat de l'armée de terre, par allusion à l'astiquage de son fourniment, est la caractéristique du goût des marins pour le fourbissage.

A bord de l'*Introuvable*, on ne fourbit pas trop. — Ceci est encore un juste éloge décerné à notre commandant.

— Toujours flatteur!

— Toujours, je tiens à faire mon petit chemin.

XIV

ENCORE LE CAPITAINE-D'ARMES.

Y COMPRIS LE CHAPITRE DES CHAPEAUX.

— Mais le capitaine-d'armes, sauf les sergents et caporaux d'armes n'a-t-il donc personne sous ses ordres immédiats?

— Si!... Non!... Pardon!... Diantre, mon cher Monsieur, ne me dites plus que vous êtes encore englué dans le goudron.

— Je prétends au contraire que vous m'y plongez de mieux en mieux, et c'est pourquoi je m'accroche aux basques de votre soldat en chef.

— Et moi je m'accroche aux vôtres. Toutes les fois que nos marins sont soldats ou font office de soldats, il en est le chef, dans la même proportion bien entendu que les autres maîtres. La garde qui se renouvelle de vingt-quatre en vingt-quatre heures est son peloton. Les factionnaires, le caporal de pose, le caporal de consigne, les tambours et les clairons sont soumis à son autorité la plus directe. Les exercices de mousqueterie lui donnent son *bataillon*, l'inspection du dimanche son RÉGIMENT!... son 101e maritime!... (Attrape, Noriac!)

Comprenez-vous enfin les jouissances de cet adjudant pendant le défilé en armes?

Il applaudit et rutile depuis la création dans les ports de compagnies de matelots-fusiliers dont le maniement des armes est l'étude continuelle et qui supérieurement instruits au tir ne le cèdent point à des Tyroliens à chapeaux pointus. . . . .

A propos de chapeaux pointus, je voudrais parler de chapeaux chinois, le chapitre des chapeaux a son charme partout. Henry de Pène nous l'a prouvé.

Les matelots français ont porté de longs chapeaux cirés en cuir bouilli appelés *tromblons*. C'était du temps que les officiers portaient en petite tenue des chapeaux bourgeois en castor, tout comme de simples amazones.

Vinrent avec la formation des équipages de ligne les casquettes à visières, à galons écossais et fonds plats en cuir, intitulées par les facétieux *plateaux d'Austerlitz*. Contemporainement pour la grande tenue florissaient les casques dits *Cocos* : une bien jolie coiffure!...

Avec quelle joie on la jetait par-dessus le bord!

Depuis, l'ancien chapeau ciré, revu, corrigé et considérablement diminué, large de bords, plat, élégant, léger, coquet, garantissant fort bien du soleil, et très-convenable pour circuler entre ponts, a régné sans partage, jusqu'au jour où l'on imagina d'inscrire sur le ruban dudit chapeau le nom du navire où son porteur est embarqué.

Cette inscription traitresse désigne à l'œil inquisiteur

des capitaines d'armes de terre ferme, — des gendarmes maritimes, veux-je dire, — les matelots absents de leurs bords sans permission, les coureurs de bordées et jusqu'aux permissionnaires légitimes qui font un peu leurs farces dans les cafés chantants, théâtres forains, places publiques, ruelles et autres lieux.

— Assez de capitaine d'armes comme ça! Laisser le sien à bord pour en retrouver hors du bord un tas d'aussi pires!... Merci!... Mais ceux-ci ne connaissent mon nom, mon prénom, ni mon numéro de hamac, ni mon numéro de matricule; ils ne connaissent que le ruban du chapeau. Chien de ruban, fichue invention, moyennons un moyen!

Supprimer l'inscription, impossible!

Détacher le ruban, bah, il est cousu!

Rejeter le chapeau en arrière sur le sommet de la tête de manière à empêcher de lire aisément, le nom fâcheux; — ce fut un premier procédé.

Mais tout procédé est susceptible de perfectionnement.

Les matelots s'étant coiffés en Jocrisses afin de pouvoir impunément se comporter en lurons, les gendarmes maritimes, des malins, beaux hommes et réglementairement pourvus chacun d'une paire d'yeux de lynx, se mettent à lire de biais, ils lisaient de haut, ils lisaient de loin.

Rubans de malheur!... Rubans sauvages!...

Alors Jean Loustic, gabier d'artimon de la frégate l'*Introuvable*, déploya son génie et releva les bords de chapeaux destinés à garantir du soleil.

— C'était, disait-il, le meilleur moyen de n'être point mis à l'ombre.

Grâces à ces bords relevés, les yeux de lynx des gendarmes ne trouvent plus le nom de l'*Introuvable*, devenu introuvable lui-même, sans cesser d'être lisible.

Mais pour le lire il faudrait tenir le chapeau.

— Plus souvent ! attrape à courir ! attrape à se bûcher !... Tu ne verras pas le nom de mon ruban !... non, mille millions de vapeurs à la voile !

Jean Loustic ayant eu autant d'imitateurs qu'il y a de matelots sur la flotte française, il s'ensuit que tous nos matelots sont désormais coiffés en mandarins chinois.

Le capitaine d'armes de l'*Introuvable*, plein de compassion pour les douleurs des gendarmes maritimes, fait une guerre implacable aux chapeaux de mandarins à bords retroussés.

Mais toutes les hôtesses de Toulon, Brest, Lorient, Cherbourg et Rochefort ont en dépôt chez elles des collections de chapeaux chinois dont le premier soin des matelots est de se coiffer dès qu'ils sont en ville.

Les officiers généraux et supérieurs de la marine s'imaginent que la mode des chapeaux chinois date de nos dernières campagnes en Chine.

Chronologiquement, ils sont dans le vrai. Et pourtant le capitaine d'armes de l'*Introuvable* sait mieux à quoi s'en tenir.

Le lieutenant est méchant, on le sait ;
Le capitaine d'armes est féroce,
C'est son service.
Il était pourtant bien bon enfant, à terre ; seulement, il

n'y descend jamais que pour affaire de service et être en service ou être à bord, c'est tout un.

Autres graves questions :

Pourquoi sur l'*Introuvable*, tous les tambours sont-ils de mauvais sujets, ivrognes, raisonneurs, coureurs de bordées, brûleurs de paillasses, des pratiques en un mot ?

Et pourquoi tous les clairons sont-ils doux, subordonnés, exacts, rangés comme de jolies petites demoiselles et mettant de l'eau dans leur vin ?

Demandez-le au capitaine d'armes.

Il sait tout, il voit tout, il est partout...

Et quand avec son fanal sourd, il se glisse la nuit, dans les coursives, sous les hamacs, autour des cuisines, auprès de la mèche, auprès des barres de justice dont il a les clefs, à fond de cale ou ailleurs, il entend, il voit, et il apprend le reste.

Après quoi, comme il vous punit, le monstre!

A terre, malgré ça, je le répète, c'est le roi des bons enfants, un vrai troupier, un excellent militaire français.

Et il le prouva bien, le jour où la compagnie de débarquement de l'*Introuvable* descendit à Canton.

Il est porté pour la décoration ; il l'aura.

XV

LES OUVRIERS.

Je suis prêt à jurer sur le Koran, patients lecteurs, que vous êtes vous-mêmes prêts à jurer sur les Védas ;

Que les matelots charpentiers charpentent, hachent, scient, clouent et rabotent sous les ordres du maître charpentier,

Que les matelots voiliers taillent, cousent et font tout ce qui concerne leur état sous la direction du maître voilier,

Que les simples calfats calfatent sous l'œil vigilant du maître calfat leur seigneur,

Que les aide-armuriers et les aide-forgerons aident leurs maîtres respectifs,

Et par conséquent que la frégate l'*Introuvable* est, en raccourci, un arsenal naval où de laborieux ouvriers ne cessent de réparer et d'entretenir le matériel.

Le maréchal-ferrant dont l'absence pourrait étonner à bon droit puisque la marine est entrée dans la cavalerie, n'est autre que le maître mécanicien, lequel ferre ses chevaux de vapeur avec le concours des chauffeurs pour la plupart habiles ouvriers en fer.

En fait de cavalerie, renvoyons au 13e hussards de Gaboriau, et au galop recourons sur la mer jolie.

XVI

COURT FRAGMENT DU CHAPITRE DES CANOTS.

— Connaissez-vous la mère Gigogne?

— Laquelle? j'en connais plusieurs.

— Eh bien, la frégate l'*Introuvable* augmentera le nombre des mères Gigognes de votre connaissance. A un coup de sifflet de maître Filin ou de l'un de ses seconds maîtres, sortent indéfiniment des flancs de cette mère de famille, de petites Gigognes plus ou moins grosses, grandes, longues, larges, étroites, fines, lourdes, légères, sérieuses, cocasses, fluettes, etc...

On les appelle *Embarcations* par deux motifs :

1° Parce qu'on s'y embarque,

2° Parce qu'on les embarque,

Vulgairement ce sont des barques.

Il y a la chaloupe déjà citée, le grand canot, le moyen canot, le petit canot, la yole par un *y* aspiré, la baleinière, le youyou, (autre *y* aspiré comme dans yacht et... — Tiens! le dictionnaire consulté aux pages HY, il n'y a pas en français d'autre *y* aspiré que ces trois hiatus maritimes qui naviguent fort gaiement sans *h*...)

Le commandant a son canot, le lieutenant à bord de

l'*Introuvable* a sa yole, les officiers ont .. Non, ils n'ont pas.. c'est-à-dire qu'il y a un canot de l'état-major pa abréviation canot-major dont les officiers se servent quand on leur permet de s'en servir.

O lamentable et interminable chapitre que celui des canots! — le canot du commandant étant seul excepté, à moins qu'il y ait un canot de l'amiral.

Mais à bord de l'*Introuvable*, on le sait bien, nous n'avons pas l'honneur de porter un amiral

D'où il suit que nous ne portons pas non plus son canot.

— Commandant, je viens vous demander la permission de descendre à terre.

— Bien, monsieur, allez.

— Merci, commandant. — Lieutenant, le commandant vient de me permettre de descendre à terre, voudriez-vous me donner un canot?

— Je le voudrais, mais c'est impossible. Le canot-major est en corvée, le petit canot est en réparation, mes yoliers qui rentrent à bord sont fatigués et dînent, tous les autres hommes sont occupés à l'exercice du fusil où ailleurs.

— Mais le youyou avec deux mousses.

— Il ne convient pas qu'un officier aille à terre avec le youyou, ce serait déshonorant pour la frégate; on dirait que nous n'avons pas de canots.

— On dirait la vérité, lieutenant.

. . . .

Le chapitre des canots étant interminable, restera interminé, ne vous déplaise.

Chaque embarcation a son équipage.

Chaque équipage a son commandant désigné sous le nom de *patron*.

Un patron est toujours un homme d'élite, souvent un homme gradé. La barre du gouvernail du canot est son sceptre.

Il a un lieutenant appelé *brigadier* dont l'attribut est une gaffe, crochet de fer à long manche au moyen duquel le canot s'accroche à n'importe quoi pour accoster.

Un patron de canot de guerre est comparable à un commandant capitaine de pavillon d'un amiral. A bord de son embarcation, presque toujours, quelqu'un commande avant lui, c'est tantôt un officier, tantôt un aspirant de corvée. Mais si par hasard *ce quelqu'un* n'y est pas, alors...

Oh! alors, patron, heureux patron, tu es véritablement patron, capitaine, commandant, roi de ta barque, et seul responsable des fautes qui s'y commettent, — ce qui t'expose à être plus souvent qu'à ton tour, retranché de vin, amarré dans les haubans, mis au peloton de punition ou embroché aux fers par l'intermédiaire de l'éternel capitaine d'armes.

C'est égal! il est tout de même agréable d'être patron, le commandement le plus éphémère est encore un commandement.

Les aspirants de corvée qui exercent la plupart de ces commandements moins qu'éphémères, passent donc des moments bien doux? — Ici les opinions sont fort partagées et la réponse la moins compromettante sera. — « çà dépend!... »

XVII

LES ASPIRANTS.

CHAPITRE DRAMATIQUE PLUS SÉRIEUX QUE NE LE COMPORTE SON SUJET.

Les aspirants, mille fois bien nommés, sont divisés en deux classes; ceux de la deuxième *aspirent* à être amiraux et provisoirement à porter l'aiguillette d'or au lieu de l'aiguillette mi-partie or et bleue; ceux de la première, assimilés aux sous-lieutenant, *aspirent* à porter sur l'épaule gauche l'épaulette d'enseigne de vaisseau.

Les aspirants des deux classes portent l'aiguillette sur l'épaule droite. — Avis aux auteurs dramatiques, artistes dramatiques, costumiers et directeurs de théâtre, ou bien avis à Son Excellence le ministre de la marine qui, pour ne pas contrarier tant de bons Messieurs, changera peut-être de place les épaules... que dis-je donc là? les aiguillettes des aspirants.

Eh quoi! je plaisante quand je devrais pleurer à chaudes larmes.

Vaillante marine que nos amis et nos ennemis connaissent à toutes les extrémités du monde, — toi qui du Nord au Sud fais flotter avec gloire le pavillon de la France, tu es si indifférente à la masse du public, si mal appréciée, si peu connue, qu'on peut à ton endroit commettre sans danger les plus niais contre-sens.

Dans les livres sérieux ou frivoles, dans les tableaux, dans les gravures, dans les journaux, dans les théâtres, partout il en est de même.

— Qu'importe ! le public ne la connait pas !

Voilà la réponse triomphante de tous ceux qui devraient concourir à te faire mieux connaître et par suite mieux aimer !

Je badine aujourd'hui, mais sans mentir; et puis, je n'ai pas toujours badiné, tu le sais; et demain la même plume qui esquisse ces lignes bouffonnes, en tracera de plus graves à ta louange, à ton honneur.

L'exemple qui se présente ici, tout petit assurément, est moins puéril qu'il ne semble au premier abord.

Je n'ai jamais vu au théâtre un marin contemporain portant un costume convenable; et cependant, on fait des recherches pour représenter avec exactitude une armure moyen âge, un héros antique, un vêtement étranger. Tous les officiers de marine dans nos théâtres sont affublés d'aiguillettes; — et à gauche encore, — à l'instar de la gendarmerie.

Qu'un directeur de Beaumarchais s'avisât de coudre des galons de caporal à un frac de sergent, l'on en entendrait de belles du paradis au parterre; la colonne de la Bastille en tremblerait au bruit des sifflets !

Hélas ! pourvu qu'un comparse sache dire : « Mille sabords ! » la marine est suffisamment dépeinte.

J'ai vu à la Porte-Saint-Martin, les scènes principales d'un acte entier se passer dans la poulaine, c'est-à-dire dans la partie du vaisseau réservée aux latrines de l'équipage.

C'est là que Jean-Bart, capitaine des vaisseaux du roi venait causer avec ses amis, c'était là que mourait le fils d'un prince du sang.

Tout Paris applaudissait... le vaisseau.

A M. l'Éditeur de la frégate l'Introuvable.

Arrivé à ce point archi-délicat du présent ouvrage, vous avez poussé le soupir le plus rare qu'eût jamais exhalé poitrine d'éditeur. Vous avez trouvé que je tournais trop court, *quand d'ordinaire,* les longueurs ou les prétendues longueurs *sont à tort ou à raison, ce que les éditeurs redoutent le plus. Heureux de vous satisfaire, je prolongerai donc la digression, et à peu de frais, car ce que je vais répéter, je l'ai dit, je l'ai redit, écrit et récrit dans mes livres, dans mes romans, et dans une foule de journaux, grands ou petits, avec l'intention de le redire encore sur tous les tons jusqu'à extinction de voix et de le récrire jusqu'à destruction de becs de plume.*

Avec les ressources très-étendues de nos théâtres, on pourrait, si l'on voulait bien s'en donner la peine, faire illusion en représentant certaines constructions navales. Mais, fort peu soucieux d'être artistes dans la belle acception du mot, directeurs, auteurs, décorateurs et machinistes combinent leurs efforts pour mystifier un public ignorant, lui offrent sous prétexte de *vaisseau de haut bord* (style d'affiche et de réclame) des bâtis de bois peint d'une rare outrecuidance, et trouvent des journalistes assez obligeants pour prôner de tels chefs-d'œuvre.

Le fameux brig pirate de la Porte-Saint-Martin, qui émerveillait Paris en 1856, est le beau idéal du savoir-faire; on ne peut avec plus d'adresse offrir à de débonnaires spectateurs des vessies pour des lanternes. Justifiée par de magnifiques recettes, cette parodie nautique a trouvé, trouve et trouvera forcément de nombreux imitateurs.

Le jargon maritime des auteurs complète, du reste, de tels chefs-d'œuvre. — Ainsi, par exemple, l'un d'eux accouple, comme on va le voir, deux commandements techniques :

1° *Lève les lofs!...* — 2° *Pare à virer !...*

Autant vaudrait l'ordre : *Fouette, cocher !* — suivi de : *Attelez les chevaux!* Ou encore le commandement : *Feu!* fait avant que l'arme soit chargée.

J'assistais à la représentation d'un de ces drames hydrauliques, à côté du capitaine Taillevent, marin renforcé, qui trépignait à chaque nouvelle bévue couverte d'applaudissements. Tout à coup, il pâlit et se tort en gémissant.

Le vaisseau toutes voiles dehors, paraissait et manœuvrait en scène, il s'avançait le cap sur le souffleur...

— Mon Dieu ! capitaine, qu'avez-vous? est-ce l'enthousiasme qui vous suffoque? demandai-je en le voyant se démener dans sa stalle.

Tout le monde suait à grosses gouttes; il était glacé. — Il était plus vert que la toile de fond.

— De l'enthousiasme ! me répondit-il d'une voix étouffée, mais je n'ai rien vu de plus grotesque, de plus ridicule, de plus gauche, ni de plus hébétant dans aucune partie du monde. Ce bateau de carton avec ses quatre chiffons de toile est une parade inepte.

— Admirable difficulté vaincue ! murmurai-je. Jamais les machinistes n'ont rien exécuté de mieux...

— On ne commande que des sottises, on ne dit ni ne fait rien qui ait le sens commun... Misaine, hunier, bricaillon, abordage, barque de deux sous... Il est joli leur pirate !...

Ce brave Taillevent était hors de lui et trépignait :

— Mais passons le décor, poursuivit-il en grelottant. Qui donc les oblige à entasser tant de termes absurdes ?... On se moque du public avec ce jargon... Tout ça est marin comme ma petite nièce !

Les applaudissements frénétiques de la salle couvraient par bonheur ses murmures.

— Mon cher, lui dis-je, les Parisiens s'écraseront à la porte pour avoir de la place, et le directeur, qui sait compter, n'en demande pas davantage.

— Ah ! si je pouvais lui faire rendre mon argent !... Il m'a berné comme un nigaud avec son indigeste marine !...

Sur ces mots, le capitaine Taillevent se leva furieux, força le passage en dépit de tous les obstacles, et sortit en jurant qu'il avait une atteinte de choléra-morbus.

J'eus toutes les peines imaginables à le retrouver, et, sans trois relâches consécutifs qui lui donnèrent le temps de se remettre, je ne serais jamais parvenu à *le re-*

morquer jusqu'à l'Ambigu, où nous attendait *le Fléau des Mers !*

Après le Scylla, holà !... mais après Carybdas, hélas ! — A la seule lecture de l'affiche, le capitaine Taillevent soupira.

— J'aurai une rechute, dit-il ; *Fléau des mers !* Des pirates appeler ainsi leur navire ; ils sont donc académiciens à l'Ambigu, ce n'est guère comique.

Parut une dame pirate, la reine du *Fléau des mers*, — une coquille de noix à croquer d'une bouchée, — un brig, au dire de l'affiche. — « Va pour un brig ! » murmura mon voisin. La dame s'appelle : — *La Frégate*, — nom de plus en plus académique, comme tout le langage des matelots, comme toutes les tirades du fier Chenapan, le Scylla de l'endroit :

— Mon cher ami ! me dit le capitaine Taillevent, les auteurs de la pièce ont feuilleté en conscience leur dictionnaire de marine; mais par malheur, ils y ont pris souvent le Pirée pour un nom d'homme. — Voulez-vous un exemple : Le pêcheur Gonidec aperçoit, de sa barque, ce qui se passe à bord par une *écoutille*... Le dictionnaire dit : « Ecoutille, ouverture, etc... » Ils en ont conclu qu'on voyait du dehors par cette ouverture comme par une porte ou une fenêtre ouverte : — Conclusion judicieuse, à laquelle il n'y a qu'un inconvénient, c'est que l'écoutille est une ouverture intérieure, percée à l'intérieur, pour communiquer à l'intérieur, du haut en bas, entre les divers étages du bâtiment. Ah ! si le pêcheur Gonidec avait été en ballon !...

Un simple matelot, M. Chenapan, un enfant trouvé, dont toute l'éducation s'est faite sur le gaillard d'avant, ce qui ne l'empêche pas de parler aussi beau français que messieurs les auteurs en personne ; — ce Chenapan donc est élu capitaine de pirates. — Soit!... Qu'entre pirates, on nomme un gouvernement provisoire comme sur la place de l'Hôtel-de-Ville après quelques journées de barricades, c'est possible à la rigueur, quoique...

Mais, plus tard, parce qu'une certaine mademoiselle Loïsa lui achète un navire, que cela suffise pour faire de ce même Chenapan un capitaine de la marine française...

— Oh! oh! fit mon voisin, si l'on nous donnait, à vous et à moi, un cheval et une paire d'épaulettes de colonel de cavalerie, serions-nous pour cela colonel d'emblée ?...

— Mais il s'agit, je crois, d'un navire marchand, et l'Ambigu...

— Halte-là! interrompit le capitaine Taillevent, on n'a pas plus le droit de noyer son prochain que de l'empoisonner sans diplôme. Il faut être docteur en médecine pour ceci ; pour cela il faut avoir satisfait à une foule de conditions que leur Chenapan ne remplit que par son style d'académicien. Il me rappelle M. Scylla de l'autre soir!

Nous passerons vingt autres critiques analogues de notre sévère marin. Il commençait à retomber malade. Au décor final, le grand morceau, le morceau friand, il poussa tout à coup une exclamation nautique, à laquelle les admirateurs du drame ripostèrent par les cris : « Silence! à la porte! »

— Qu'avez-vous, mon capitaine ? demandai-je.

— Ne le voyez-vous donc pas, tout Parisien que vous êtes devenu... On livre un combat naval dans la coulisse et dans les cintres, et le décor nous représente, tant bien que mal, la batterie intérieure d'un navire... (Apprenez en passant, si vous l'avez oublié, qu'un brig comme *le Fléau des Mers* n'eut jamais de batterie intérieure, et l'affiche dit formellement BRICK, b,r,i,c,k, *brick*.) Poursuivons !... Voici des canons, des canons aux sabords, et l'on se bat, et ces stupides canons sont là, sages comme des images, immobiles, muets, écoutant bonnement le monologue de mademoiselle Loïsa... Mais fût-on dans un entre-pont, croit-on que l'entre-pont reste désert pendant le combat ?... Ah !... mille pardons !... permettez que je me sauve encore !... Votre boulevard me donne un mal dont je m'étais cru guéri pour la vie...

— Quel mal, capitaine ?...

— Le mal de mer, parbleu !... répondit le marin en se précipitant par les couloirs sur la terre ferme.

Je le retrouvai au café, s'essuyant le front et maudissant son sort :

— Auteurs ! décorateurs ! directeurs ! acteurs ! tous se donnent donc le mot pour mystifier le public, lui faire croire que des citrouilles sont des fanaux de combat, et que ces niaiseries-là ont quelque rapport avec la marine !... On applaudit, quand on devrait ..

— Doucement ! capitaine, la pièce est bien faite ; les acteurs ont déployé beaucoup de talent ; il y aura succès !.. Que nous font à nous *les invraisemblances* maritimes ? — Les deux pièces en fourmillent, qu'importe !...

— Ah ! mon cher monsieur ! répartit le capitaine Taillevent avec une tristesse plaisante, cette ignorance générale de la mer, des marins, de nos mœurs et de nos allures, a été la cause d'Aboukir et de Trafalgar, quoique nos matelots soient les premiers matelots du monde.

Je souriais. — Il reprit enfin :

— La vérité, pourtant, serait si belle et si saisissante ; le public a le sentiment latent du vrai... Qu'on le lui montre un jour, et alors... le succès sera bien autre chose......

— Le vrai manque *de vraisemblance* !... Personne n'osera jamais s'y frotter.

— Au diable ! à tous les diables, vous aussi !... Vraisemblance ! invraisemblance ! Vous vous contredisez à plaisir coup sur coup !...

— Calmez-vous, capitaine ! demain nous irons aux Bouffes-Parisiens ..

— Nulle part !.. nulle part !... votre marine de carton me chasse de Paris ! Adieu !

Les impressions du capitaine Taillevent ayant été publiées dans un journal, le rédacteur en chef reçut la réclamation suivante d'une vague écumante de la Porte-Saint-Martin, contre les bourrasques tragi-comiques de mon infortuné camarade :

« Monsieur le Rédacteur,

« Il est très-humiliant pour nous, vagues agitées à 2 fr. 50 c. par représentation, qu'un ours mal léché, — passez-moi l'expression en faveur de sa justesse, traite notre *vaisseau de ligne*, je dirai même : *hors ligne*, de *bricaillon*, de *barque de deux sous*.

« *Bricaillon* est, je pense, quelque sottise, et ça ne nous étonne pas de la part de votre ami Taillevent ; — ils sont polis, vos amis !

« Quant à *barque de deux sous*, ceci est tout simplement niais, — car elle a coûté fièrement plus cher, celle que nous avons l'honneur de bercer, chaque soir, au roulis et au tangage. (Oh ! nous savons ces termes-là tout aussi bien que votre impertinent loup de mer !)

« Dites-lui, écrivez-lui, faites-lui savoir par le télégraphe sous-marin ou autrement, que toutes les lames de la Porte-Saint-Martin se dressent contre lui ; et qu'il y prenne garde, car

> Celui qui fait le truc de la fureur des flots,
> Peut aussi des méchants étrangler les bons mots.

« La rime n'est pas riche, mais le vers y est, cela me suffit ; une noble modération sied bien au courroux.

« Que votre grossier marin aille se noyer dans son grand baquet de sel ! que le choléra morbus et le mal de mer le poursuivent sans relâche ! Qu'il sue mille fois plus que nous ne suons nous-mêmes, cet intriguant qui dit qu'il n'y a pas d'eau salée dans notre affaire ! Bref, qu'il en craque !

« Voilà le plus doux châtiment que puisse lui souhaiter votre très-obéissant serviteur.

« UN FLOT IRRITÉ. »

La défense des absents étant un devoir sacré, nous répondîmes à la juste réclamation ci-dessus, que notre honorable ami le capitaine Taillevent, dans un moment de calme, nous avait franchement avoué sa profonde sympathie pour les flots en courroux de la Porte-Saint-Martin.

En outre, d'après lui, il eût été très-facile de rendre *le vaisseau de carton* rigoureusement vraisemblable sans choquer le sens commun qui veut que le contenu soit proportionné au contenant.

Puisqu'on ne pouvait mettre en scène un navire, des voiles et des mâts en rapport avec la taille humaine, ni transformer en lilliputiens les figurants et les acteurs, il aurait fallu se contenter de représenter une grande chaloupe, gréée et voilée par exemple comme les péniches de nos glorieux corsaires de la Manche.

L'effet théâtral eût été exactement le même, moins le ridicule.

On justifiait ainsi l'absence de toute artillerie sur le prétendu *vaisseau ;* ses mâts, ses voiles, n'avaient pas l'air de bâtons et de chiffons ; et l'on rendait à peu près admissible la capture du bâtiment pour des batelets, dont un navire, — ne fût-il qu'un *bricaillon*, — se soucierait comme d'autant de coquilles de noix.

Flot irrité, ne vous en prenez donc qu'au directeur de votre théâtre. Notre ami Taillevent n'a parlé que de ce qu'on lui faisait voir. Sincèrement, nous ne pouvons le blâmer de n'avoir pas vu autre chose.

Calmez-vous enfin, cher flot, en attendant l'heure de la tempête et de la sueur salée par lesquelles vous êtes exposé à des fluxions de poitrine, dont sainte Flanelle vous garde !

Voilà ce que peut vous souhaiter de mieux et de plus doux, l'ami du capitaine Taillevent.

N. n. x. y. z.

Que n'aurait pas souffert mon pauvre Taillevent s'il avait suivi comme j'ai eu la douloureuse conscience de le faire les exhibitions aquatiques de Boulevard, à commencer par *le Naufrage de la Méduse*, ouf! — à continuer par *la Prière des Naufragés*, aie!... (Un fameux drame dont l'héroïne fait, à l'âge le plus tendre, six à huit cents lieues, sans boire ni manger, sur un glaçon que le soleil du Mexique se gardera bien de fondre par complaisance pour messieurs les auteurs), — et à finir par ce même *Jean Bart* déjà cité auquel il est bien juste de revenir.

Quel sujet admirable que Jean Bart, le héros le plus populaire de notre marine, le marin de notre légende nationale, le hardi corsaire Dunkerquois, le fier capitaine des vaisseaux du roi Louis XIV, l'habile et heureux chef d'escadre ; — le valeureux matelot de Keyser ; — le fils de Cornil et le neveu d'Herman, frères intrépides dont la glorieuse amitié est un des beaux poëmes de la mer ; — le descendant direct de Michel Jacobsen le *Renard de la mer*, et de Jean Jacobsen immortalisé par le sublime combat du *Saint-Vincent* qu'il défendit durant treize heures contre neuf vaisseaux hollandais et finit par faire sauter ; — Jean Bart dont les exploits surpassèrent et firent oublier de tels exploits ; — l'élève de Ruiter dont il déserte le pavillon pour ne point porter les armes contre la France ; — le père du petit Cornil Bart qu'il fait attacher au pied du mât pendant une rude affaire, parce que l'enfant a tressailli devant la première volée de mitraille, le père de ce Cornil qu'il enverra plus tard dans sa soute aux poudres avec ordre de se tenir prêt à la faire sauter, qui marchant dignement sur ses traces, ravira d'admiration à la bataille du 21 octobre 1707, le grand Duguay-Trouin, lui-même, et qui deviendra enfin premier vice-amiral de France ; — Jean Bart l'émule de Forbin son compagnon de captivité, son camarade d'évasion ; — le valeureux éclaireur de l'armée navale de Tourville ; — le vainqueur du 29 juin 1694, mémorable journée qui préserva la France de la famine ; — le grand faiseur de prises, l'abordeur irrésistible, le croiseur infatigable dont les ruses de guerre étonnent à l'égal de ses prodigieux coups de main.

Quel thème magnifique et fécond que l'existence aventureuse de ce grand homme de mer !

Elle défrayerait aisément quatre mélodrames distincts du plus puissant intérêt ; elle pourrait fournir la matière d'une épopée théâtrale dont les rapides tableaux l'emporteraient par le grandiose sur les plus magiques féeries. Pleine de situations attendrissantes ou terribles, remplie de scènes de cœur et de paroles généreuses, cette œuvre peindrait, en outre, un caractère original, une personnalité saillante et une figure historique à jamais chère à notre nation.

Dans le drame représenté à la Porte-Saint-Martin, rien de tout cela, — rien d'héroïque. — Jean Bart, sorte de

Sganarelle ridicule à plaisir, n'est ni le Jean Bart étrange de la légende, ni le sublime Jean Bart de l'histoire, et ses matelots parlent toujours ce bizarre langage du boulevard dont chaque mot est un contre-sens.

Le glorieux marin de Dunkerque dit, par exemple, qu'il a *disloqué* cent frégates.

DISLOQUÉ !... (Oh ! ceci est le comble de l'art !)

Il y a là un certain contre-maître qui porte le malheureux nom de *brick* (b,r,i,c,k) — on y tient, — le plus insignifiant, le plus invraisemblable qu'on put lui infliger. J'ai dit en quels *lieux* se passent les scènes importantes de l'action dramatique.

Enfin, les hommes de l'équipage s'appellent entre eux *ma vieille*, suivant une hideuse locution de bagne et d'argot parisien, terme abject que nos gens de mer n'emploient jamais, grâce au ciel.

Concluons :

Le premier venu en sait toujours assez pour répandre sur le compte de la marine les idées les plus erronées :

— Qu'importe encore une fois, c'est le pot au noir ! le public n'y connait rien.

Le rédacteur en chef d'un grand journal quotidien me demandait naguère ce que c'est qu'un capitaine de vaisseau : — « On ne trouve cela nulle part » ajoutait-il naïvement, et son journal publie, tous les mois, dix articles au moins ayant trait à la marine.

Je lui adresserai *franco* un exemplaire de la frégate l'*Introuvable*, et s'il le lit, — ce dont je doute — il y trouvera la réponse à sa question, et il y verra, en outre, que :

Les aspirants des deux classes habitent le même réduit dit *poste des aspirants* et font tous le même service :

Le quart sous les ordres des officiers,

Les inspections sous celle des officiers,

Les exercices sous la direction des officiers,

Les corvées d'après les ordres des officiers et du lieutenant très-spécialement chargé de les surveiller sous tous les rapports, et de leur faire prendre une part active à toutes les opérations, à tous les travaux.

Les aspirants ont pour commensaux et camarades les seconds chirurgiens, *aspirants* au doctorat naval, lesquels logent dans le *poste* situé en face du leur.

La physiologie de l'aspirant de marine peut se réduire à trois mots charmants :

— Il est jeune !

L'officier de marine ne l'est déjà plus, jeune !... ou du moins, — pourquoi le cacher ? en mer, à bord, l'expérience vient vite, et bien petit est le nombre de ceux qui, même sous l'épaulette d'enseigne, conservent les illusions magiques de la jeunesse.

XVIII

L'ÉTAT-MAJOR.

A bord de l'*Introuvable* dont la destination n'est connue que du ministre, nous avons plusieurs officiers embarqués en supplément, ce qui rend notre état-major presque aussi nombreux que celui d'un vaisseau de ligne.

Nous ne devrions avoir en tout que cinq officiers *chefs de quart*, deux lieutenants de vaisseau et trois enseignes; accidentellement ce personnel est presque doublé.

Abstraction faite du commandant, du commandant en second nommé depuis hier, l'excellente nouvelle! capitaine de frégate et devenu son commensal, de l'aumônier qui prend aussi place à sa table, des aspirants et des seconds chirurgiens, l'État-Major proprement dit se compose donc de Messieurs les *officiers de vaisseau*, du docteur, du commissaire et de moi.

— Vous! comment diable faites-vous partie de l'État-Major de l'*Introuvable ?*

— En qualité d'historiographe, naturaliste, artiste, sténographe, peintre de marine, poëte, preneur de croquis, chansonnier et photographe, attaché à l'expédition avec droit à la table, au logement...

Il est gentil mon logement, allez!... Mais à cheval donné on ne regarde pas la bride! J'ai ma malle dans un trou noir où je dors et fais ma toilette en me pliant en quatre. C'est un vrai tour de gymnastique que d'y changer de chemise.

Ah! combien le pauvre cardinal Balue devait être gêné dans la fameuse cage que lui fit construire Louis XI, à ce qu'on dit.

Quoi qu'il en soit, avec notre surcroit de personnel, moi le dernier des membres de l'État-Major je dois m'estimer fort heureux d'avoir la jouissance d'un réduit quelconque. Je la dois à la dernière métamorphose de l'*Introuvable* où des emménagements essentiels ont dû être métamorphosés par contre-coup.

L'installation de l'hélice ayant entraîné la suppression de la chambre commune ou carré de l'État-Major, on est parvenu à construire ma niche et plusieurs autres *soutes* semblables dans des coins archi-angulaires, baroques, bancroches, indescriptibles, pris sur une partie de cet espace confisqué.

En revanche, le logement commun est monté à l'étage supérieur, à l'arrière de la Batterie, où nous avons l'avantage de posséder une grand'chambre comme à bord d'un vaisseau de ligne. Ce changement-ci, par exemple, est très-agréable, très-confortable et permet à notre nombreux Etat-Major d'être à table très-commodément.

Nous occupons ainsi une portion de l'ancien logement

du commandant, logé depuis lors sur le pont supérieur dans la dunette.

En est-il de même à bord de toutes les frégates mixtes, produites par l'opération Césarienne décrite au chapitre XI, § V, ci-dessus? — Je n'en sais rien, mais c'est ainsi à bord de l'*Introuvable*, et je m'en réjouis, car dans la grand'chambre au moins j'ai les coudées franches.

Permettez-moi de vous y introduire, à l'heure solennelle du dîner. Nous sommes un peu en retard, l'officier chef de gamelle vient de faire desservir un potage dont il n'est pas satisfait :

— Maître d'hôtel, dit-il sévèrement, ce crécy était indigne de nous! Que le cuisinier le sache!

— Il le saura, capitaine, répond le maître d'hôtel, mais les carottes sont un peu avancées......

— Pas d'observations! Faites circuler le madère, il faut se consoler de cet affreux brouet.

— Chef de gamelle, votre madère est apocryphe.

— Non, il est de Ténérife.

— A propos de Ténérife, à bord de la *Corneille* une corvette qui abattait des noix sous les ordres du très-illustre Rabofous, rentrant à la bouillotte, nous y fîmes un mouillage incroyable...

— Je crois tout, cher Abner, en fait de Rabofous!

— Nous allons, droit devant nous, sonder le fond avec notre fausse quille qui du coup remonta tribord et babord en vingt-cinq morceaux.....

— Maître d'hôtel, interrompt le chef de gamelle, les domestiques causent entre eux au lieu de servir! Veillez donc mieux que ça! On n'a pas changé les assiettes avec ensemble.

— Troisième commandement! s'écrie un enseigne, changez les assiettes! deux temps! Premier temps, enlevez la sale! *Action!* Deuxième temps, avancez la propre! *Action!...*

— Vous parlez de mouillages incroyables, connaissez-vous ceux du célèbre amiral Lorgnon du temps qu'il commandait l'*Exceptionnel...*

— Pardon! la passagère en question, mon cher, n'était pas de Smyrne, — mais d'Athènes.....

— Qu'importe! mettez Constantinople et passons! A bord du *Narcisse* donc, le capitaine était très-amoureux d'elle, mais le docteur... Milinet vous connaissez?

— Qui ne connaît pas Milinet?

— Milinet qui commandait l'*Astrologue* dans les Antilles, un excellent officier, mais malheureux, enguignonné, né pour faire naufrage.

— Je parle du docteur Milinet.

— Biliais! j'entends bien. Pédant, grognon...

— Non, un excellent caractère.

— Biliais! à bord de l'*Anonyme* il était insupportable.

— Mais encore une fois il s'agit de l'excellent Milinet dont l'escadre entière de Brest se disputait les bons mots. Il avait inventé les signaux gastronomiques.....

— Il marchait sur les brisées d'Esturgeot.

— A propos, savez-vous que Rigaudin est mort?

— Quel Rigaudin?

— L'ancien commissaire de la *Panthère...*

— Maître d'hôtel ! s'écrie le chef de gamelle irrité, vos domestiques sont intolérables. Sommes-nous donc à bord du *Tourville ?* Vous ferez mettre Gigodos au peloton de punition ; on ne sert pas des assiettes sans les essuyer, et on remplace les bouteilles vides... que diantre !

— Belle parole !... Messieurs, je propose un toast à notre vertueux chef de gamelle.

— Approuvé à l'unanimité.

— Non ! non ! moi, l'intéressé, je proteste ! Aujourd'hui, le premier toast doit être porté au lieutenant promu au grade de capitaine de frégate. Il n'est plus parmi nous, nous y perdons un convive digne de tous nos regrets, il a pris place à la table du commandant, mais...

— Mais, quoi ?

— Point de quoi, l'orateur a le droit de planer.

— Trinquons !

Après le toast, les conversations particulières reprennent le dessus ; vous remarquerez qu'un tiers des phrases sont adornées de la formule *à bord de :* chacun ayant pour usage de citer à tous propos ses précédentes campagnes et surtout la précédente.

Les officiers de l'*Introuvable* se moquent volontiers des avocats qui parlent procès, des négociants qui parlent commerce, des pédagogues qui parlent pensums, et particulièrement des militaires qui parlent *boutons de guêtre* (le mot est proverbial) ; ils se flattent par conséquent de ne point parler marine.

Ils se vanteraient à plus juste titre de la concorde qui règne entre eux ; — ce n'est pas chose si commune.

— A bord de l'*Hippopotame*... les quatre officiers étaient à couteaux tirés.....

— A bord de *La Coquette*, messieurs, la discorde éclata par suite d'une indiscrétion du commissaire, un jeune étourdi à bonnes fortunes.....

— A bord du *Sapeur*, nous avions pour lieutenant le plus vilain oiseau de la marine....

— Malourier je parie.

— Vous l'avez nommé.

— Parbleu, à bord du *Crocodile* où Malourier passa quinze jours avec nous, nous essayâmes de le mettre en quarantaine; impossible! il s'emparait sans cesse de la parole avec son ton tranchant. Nous prîmes alors l'habitude de lui répondre tous en chœur dès qu'il ouvrait la bouche : — « Malourier, vous avez raison! » Le seizième jour, il se fit mettre à l'hôpital :

— Est-ce tout ?

— Non ! il envoya une provocation en duel à chacun de nous, mais il ne put jamais trouver de témoins, et en eut une jaunisse véritable..... pendant laquelle *le Crocodile* appareilla.

— L'application de la vapeur à la navigation n'est encore qu'une transition dont la conséquence unique est le triomphe du moteur interne; mais ce moteur même changera dix fois peut-être.

— Oh ! oh !... Voici Phylon Binome lancé.

— Que conclure de votre anecdote ? à bord du *Narcisse*, votre capitaine eut tort sans contredit ; la fidélité conjugale n'est pas une affaire de service, et une passagère, pourvu qu'elle ne fasse point scandale, mérite des égards ; mais convenez aussi que votre cher docteur Milinet n'eut pas tout à fait raison.

— Elle aimait Milinet et n'aimait pas le capitaine, je ne sors pas de là.

— Elle aurait mieux fait d'aimer son mari...

— Un ivrogne, lié avec le maître commis, sentant toujours le vin de cambuse...

— Je ne sais pas comment s'y prennent ces coquins de cambusiers, ils parviennent toujours à vendre du vin en cachette...

— Toujours, non !... A bord de *la Savante*, notre lieutenant avait trouvé le moyen d'y mettre bon ordre.

— Eh bien il était savant !

— Ceci est fantastique !

— Il débarqua tous les cambusiers l'un après l'autre.

— Ingénieux procédé de couper le mal dans sa racine ! Mais qui donc faisait les distributions de vivres ?

— Des matelots de corvée qui changeaient tous les jours, si bien que le commis aux vivres, désespéré, déserta un beau matin à Valparaiso en emportant tous les ouvrages de médecine de notre pauvre docteur Milinet, vous connaissez ?

— Ah ! Milinet !

— Vous parlez encore de Biliais

— Non, nous parlons du commis aux vivres de *la Savante*.

— Six ans après, je fis une seconde campagne dans les

mers du Sud, et j'appris que noire ex-riz-pain-sel avait à Santiago une belle clientelle comme médecin.

— Notre infirmier de *la Cléopâtre* est bien capitaine de vaisseau dans la marine de Papagayo!

— Mais à bord de *la Savante*, qui remplaça le maître commis?

— Ce fut le capitaine d'armes?

— Et qui remplaça le capitaine d'armes?

— Personne. Le nôtre suffisait à tout.

— Ah! ah!... quel cumulard!

— A bord de *la Splendide*, notre capitaine d'armes s'entendait comme larron en foire, avec le maître commis...

— Invraisemblable!

— Le vrai peut quelquefois...

— Grace!... — Connu!... Stope!... — Pour ma part, j'ai horreur des *six stations*.

— Ouf! encore un calembourg de cette force, et l'*Introuvable* est coulée.

— Mais, il y a des stations fort agréables.

— Parbleu!... à Cadix, mon cher, à bord de *la Lionne*, tous les jours nous avions de ravissantes invitées!... En avant la cachucha! le Champagne! les douceurs de la langue castillane... (*Fredonnant.*)

Una Gaditana
Tiene mi corazon!

Ah! le bon temps!... le joli temps!... l'heureux temps!...

— Votre gamelle dut terriblement s'endetter?

— De six mois!... Mais elle se rattrappa pendant notre

croisière devant Mogador. Ah ! le fichu temps ! le chien de temps !...

— D'accord ! malgré ça, vois-tu, si notre station de Cadix avait duré trois mois de plus, nos appointements n'auraient pas même suffi à boucher les trous du traitement de table. Aucun de nous n'aurait pu aller en congé faute d'économies de campagne...

— Aucun, excepté d'Horvel, le gaillard ! vingt mille livres de rentes...

— Et lieutenant de vaisseau... — Non, enseigne...

— Il est lieutenant de vaisseau de la promotion du 1er juillet 185*...

— Erreur !... Il est de la promotion du 31 mars 185*...

— Je suis sûr de ma date.

— Je suis sûr de la mienne, car c'est le même jour qu'on mit en retraite Célestin le navigateur.

— Drôle de preuve !... Gigodos, va me chercher l'annuaire de la marine.

— Messieurs ! Messieurs ! qui de vous a connu le célèbre Célestin le navigateur ?

— Messieurs, quelqu'un ici pourrait-il ignorer l'histoire des navigations de Célestin le navigateur ?

— Moi ! — Moi ! — Moi !... — Il y a de l'écho ici.

— Apprenez donc, messieurs, que ce grand homme fit une fois, en vingt-cinq ans de service, la traversée de Rochefort à Brest, par un temps superbe, à bord de l'*Immobile*.

— Doucement ! il n'y a jamais eu d'*Immobile* sur l'état de la flotte.

— Vous êtes magnifique !... Y avez-vous trouvé par hasard la *Trente-six côtes*, la *Belle Paumèle*, l'*Œil-humide*, l'*Air Mignonne*, l'*Air recule*, la *Queue même*, la *Scie Aune* et le *Fluton* (1) sans parler de notre *Introuvable?* L'*Immobile* s'appelait officiellement le *Sketch*; c'était une gabare prise dans l'Inde sur les Anglais, affreux sabot, marchant comme une bouée, mais construit en bois de teck et incorruptible. On le fit venir à Brest pour le démolir et utiliser son bois de construction. J'en reviens à Célestin le navigateur. Étant aspirant de marine, il avait fait son temps en rade pendant le blocus; ensuite, il embarqua comme enseigne sur le stationnaire de Brest, — se rendit à Toulon... par la diligence et s'y embarqua sur le stationnaire, — fut nommé à l'ancienneté lieutenant de vaisseau, et successivement employé dans les bureaux de la majorité, à la direction du port, à la caserne des équipages, jusqu'au jour où il fut nommé capitaine de l'*Immobile*. Ses navigations ont élevé sa gloire à la hauteur d'un sixième étage !...

— Savez-vous bien, interrompt l'un des plus anciens lieutenants de vaisseau, que votre vieille histoire de *Castor* sent le *bouton de guêtre* à faire frémir ?

(*Morne silence autour de la table.*)

Le docteur, en homme d'esprit, rompt la glace par un toast à Célestin le navigateur. On trinque, on rit, le dessert apparaît.

L'officier de quart, remplacé sur le pont par l'officier de

(1) Terpsichore, Melpomène, Euménide, Hermione, Hercule, Alcmène, Alcyone, Fulton.

corvée, entre dans la grand'chambre, s'asseoit à la place laissée vide par son substitut et se fait servir le potage.

— Le commissaire me demande, à moi, si je sais ce que c'est qu'un *castor*.

— Ah! mon cher voisin, doutez-vous donc de mes connaissances en histoire naturelle ? J'ai dit textuellement dans mon cours de Zoologie Navale.

« Entre tous les bipèdes, quadrupèdes et autres animaux attachés au service de la flotte, le Castor est celui dont la physiologie et les mœurs ont le plus occupé les naturalistes maritimes. De longs mémoires ont été adressés aux diverses académies européennes sur cet industrieux amphibie, mais, en général, leurs auteurs les ont rédigés avec un affligeant esprit de partialité. Ils ont méconnu les éminentes qualités du Castor dont l'adresse, la persévérance et la douceur méritaient au moins un éloge. Et puis le Castor est si modeste, il se vante si peu, il a des allures si timides et si polies, des habitudes si régulières, une fourrure si exempte de taches.

« Voyez ses épaulettes, pas une goutte d'eau de mer ne les ternit.

« Admirez sa chemise, elle n'est souillée par aucun point imperceptible de rouille, de goudron ou de galipot.

« Enveloppé dans la double fourrure d'une position à terre et d'un domicile matrimonial, le Castor n'a rien à craindre de la brise salée du large, ni de la vase gluante qui s'attache à la carène des navires en station à l'étranger.

« Il est en possession d'un poste sédentaire, s'y cramponne et renonce pour jamais aux pompes et archipompes de l'Océan.

« Son goût prononcé pour la truelle lui valut le nom de Castor.

« Quelques penseurs trouvent dans ce même nom une allusion au mariage, qui, d'après eux, a de mystérieux rapports avec les établissements des architectes du lac Ontario.

« Les liens conjugaux traînent mollement l'officier de marine sur une pente douce, au bas de laquelle il embrasse la profession de navigateur *in partibus*; et réciproquement, les garçons qui, comme le berger de la fable, *ont fermé les oreilles aux conseils de la mer et de l'ambition*, s'empressent à l'envi de doubler les douceurs de leur existence.

« La cérémonie nuptiale est toujours aussi l'effet ou la cause des derniers adieux aux voyages lointains, et le castor célibataire n'est qu'une hypothèse inadmissible qui répugne même dans les termes. »

Pendant que je professais ainsi, le café avait été pris par les amateurs; nous montâmes sur le pont pour fumer le cigare en laissant au maître d'hôtel le temps de faire ôter le couvert et balayer la grand'chambre.

L'officier de quart, ayant dîné *en double*, fut le premier en haut.

XIX

LE QUART.

Le quart, divisé en huitièmes de trente minutes chacun, est à bord l'unité de temps.

Un quart est donc le sixième de la journée, — c'est étonnant, mais ce n'est pas drôle.

Drôle ou non, toutes les nations maritimes n'en sont pas moins d'accord sur ce point et sur la manière de piquer l'heure :

Au bout de la première demi-heure, un coup de cloche.

Au bout de la première heure, deux coups.

Au bout de la troisième demi-heure, trois coups, et ainsi de trente en trente minutes, jusqu'à midi, quatre heures, huit heures du soir, minuit, quatre heures du matin et huit heures du matin, qui sont les moments où change le quart au son de huit coups piqués sur la cloche.

Le temps est le maître de la vie, le quart est la roue dentée du service qui s'engrène depuis le premier jusqu'au dernier instant de la campagne.

Être de quart, faire le quart, c'est être de veille pour la manœuvre.

Faire le quart, c'est la grande affaire.

— M. le marin, vous venez d'accomplir le tour du monde, vous avez parcouru l'Océanie, vous êtes allé en Chine, au

Chili, au Pérou, au Brésil, donnez-nous donc quelques détails sur cette belle campagne, dites-nous ce que vous avez fait ?

— J'ai fait.... le quart.

Belle réponse dont un laconique s'honorerait.

Sous toutes les longitudes, par tous les temps, de nuit et de jour, en rade, en mer, à l'ancre, sous voiles, en guerre, en paix, il a fait.... le quart.

— Bien, très-bien, c'est entendu, mais les quarts se suivent et ne se ressemblent pas?...

— C'est pourquoi, le second chef timonnier de quart rédige sur le *Journal du bord* ou table de loch l'histoire de chaque quart, et l'officier de quart, dès qu'il est remplacé par son successeur, en fait autant sur le journal des officiers.

Négligeons les colonnes destinées aux vents, au nombre de nœuds filés par le navire, à la voilure, à la direction suivie, à la dérive et autres détails techniques; mais jetons un coup d'œil sur celle consacrée aux ÉVÉNEMENTS à bord de l'*Introuvable*.

Le 1er avril.

(*Quart de 8 à midi.*)

Beau temps, petite brise variable du Nord au Nord-Est — service ordinaire. — Rien de nouveau.

(*Extrait du journal de la Timonnerie.*)

Le 15 décembre.

(*Quart de minuit à 4 heures.*)

Grosse mer, fraîche brise de Sud, pluie continuelle. A minuit et demi, pris le bas ris aux huniers, à 1 heure, un paquet de mer enlève le canot des porte-manteaux de tribord. Brise carabinée fraîchissant toujours. A 2 heures, un homme à la mer, jeté les bouées dehors, fait prévenir le commandant qui défend, vu le coup de vent, d'amener d'embarcations. Fait l'appel. L'homme à la mer est le nommé Vial (Pierre), matelot de 3e classe. La frégate fatigue beaucoup. Fait prévenir le commandant. Ordre d'allumer les feux et de serrer toutes les voiles. A trois heures et demi, vapeur. Toutes voiles serrées, mis le cap au Sud, dépassé les mâts de perroquet, calé les mâts de hune. A quatre heures, même temps, la frégate gouverne bien le bout à la lame.

(Journal des officiers.) *L'officier de quart,*

DORVENNES.

Le 7 janvier.

(Quart de 4 à 8 heures, matin.)

Beau temps, belle mer, jolie brise d'Est. Toutes voiles dehors, chauffant à toute vapeur. La frégate ennemie à deux milles par le bossoir de babord.

Fait prévenir le commandant. A 5 heures, branle bas général de combat. A 5 heures 10 minutes, appel aux postes de combat. Le commandant prend le commandement de la manœuvre. Remis le porte-voix à l'officier de manœuvre. *L'officier de quart,*

CH. DE VERGNES.

Même temps. A 6 heures, la frégate étant à portée de canon par le travers, cargué les basses voiles, cargué et serré les perroquets, halé bas le petit foc. A 6 heures, hissé le pavillon en l'appuyant d'un coup de canon. A 6 heures, un quart, ouvert le feu. Largué en salut la bordée de la batterie. Feu à volonté sur les gaillards. — A 6 heures et demie, étant par le travers de l'ennemi à portée de pistolet, reçu trois boulets à la flottaison, le feu se déclare dans l'entrepont, — les calfats occupés à boucher la voie d'eau, — une division à la pompe royale. — A 6 heures 45, l'ennemi ralentit son feu. — A 7 heures, abordé par l'arrière; la première division d'abordage monte à bord de l'ennemi. A 7 heures 5 minutes, une fumée noire et intense s'échappant du grand panneau de la frégate ennemie, battu la retraite. La première division d'abordage rentre à bord. — Repoussé une tentative d'abordage des ennemis dont le grand panneau est en flammes, largué les grappins. L'ennemi amène et fait signal de détresse; mis à la mer toutes les embarcations en état de servir. — Le commandant rend le service à l'officier de quart. Même temps.

L'officier de manœuvre,

JEAN MARILLIÉ.

A 7 heures et demie recueilli à bord les ennemis; mis le cap au S. 1/4 S. E. — A huit heures, la frégate ennemie saute. — Même temps.

L'officier de quart,

CH. DE VERGNES.

(Quart de 8 heures à midi.)

Beau temps, belle mer, jolie brise d'Est sous vapeur, les trois huniers, le grand foc et la brigantine. Appel général. — *(Ici le détail nominal des tués et des blessés)*. Inspection du matériel. *(Ici un rapport détaillé des avaries.)* — A 11 heures et demie la commission à la cambuse. — A midi, roulement pour le dîner des tribordais. — Même temps.

(Journal des officiers). *L'officier de quart.*

J. LAURENT.

Le 25 février.

(Quart de 8 heures à minuit.)

Très-beau temps, douce brise de terre, le bal continue. — A 11 heures, armé de toutes les embarcations pour reconduire à terre les invités ; allumé des moines au bout de tribord de la vergue barrée et de la vergue de misaine, à 11 heures 1/4 éteint les fanaux, serré la tente, balayé le pont, à 11 heures 1/2, rehissé à poste toutes les embarcations. — A minuit, appel des gens de quart ; même temps.

L'officier de quart,

FÉLIX DE STORLE.

Et voilà comment s'écrit l'histoire....

Après quatre heures de piétinement sur le banc de quart... marche-pied d'où l'officier de quart domine le pont et découvre l'horizon de la mer.

Les aspirants sous-chefs de quart sont repartis dans les diverses parties du pont ; le premier d'entre eux commande sur le gaillard d'avant.

Le second maître de manœuvre de quart, par abréviation le maître de quart, se tient au pied du grand mât; son sifflet traduit et fait exécuter les commandements de l'officier.

Les matelots font le quart sur le pont.

Les chauffeurs font le quart dans la machine.

Les mousses ne font point le quart.

... Car ils n'ont pas droit à la ration de vin.

XX

LES MOUSSES.

Et ils n'ont aucun droit à la ration de vin, attendu que leur jeune âge les exempte des quarts de nuit.

Bien tenus, parfaitement propres, bien éduqués, bien habillés, convenablement payés et traités avec une indulgence paternelle par tous les hommes du bord, les mousses se donnent entre eux dix fois plus de calottes qu'ils n'en reçoivent de tous leurs chefs y compris les matelots.

Ils sont tellement à plaindre que toutes les mères du littoral ne cessent de solliciter pour leurs jeunes garçons des places de mousses.

Au diable, à tous les diables les faiseurs de sensiblerie... de romances larmoyantes. . et de calomnies anodines qui transforment les marins en ogres des contes bleus !

> Pourquoi m'avoir livré, l'autre jour, ô ma mère,
> A ces hommes méchants qu'on nomme matelots,
> Qui toujours, aux enfants, parlent avec colère,
> Et se plaisent *à voir* leurs cris et leurs sanglots !

. . . .

Voir des cris et des sanglots. — La forme vaut le fond. — Bref, ce chef-d'œuvre plaintif est un exemple entre mille.

— Oh! oh! interrompt un honorable critique, et votre pauvre petit Flageolet de *La Gorgone?*

— Merci, Monsieur; vous voudriez que je fusse envoyé au diable moi-même.

— Non, je vous jure, mais...

— Mais!... merci... merci... Il n'y a qu'un Liart des Ardannes, Monsieur; encore ce Liart a-t-il été tué à la bataille de l'Isly!... Et puis ce même despote en torturait bien d'autres que le mousse Flageolet! je n'ai pas dit que les mousses seront des coqs en pâte, là où tous les autres sont malheureux.

A bord de l'*Introuvable*, nos mousses ont un excellent maître d'école, l'un des seconds chefs de timonnerie.

L'aumônier s'occupe d'eux avec une incessante sollicitude;

Le lieutenant et le capitaine d'armes veillent sur eux de très-près;

Ils prennent part à tous les exercices;

Ils manœuvrent la voile de perruche;

Ils font le maniement d'armes;

Ils sont presque tous attachés à la timonnerie en qualité de pilotins;

Quelques-uns servent dans les hunes sous les gabiers.

Aux canons, ils sont tous pourvoyeurs.

Pendant notre combat du 7 janvier, Pomadin le pourvoyeur de la sixième pièce de batterie eut le bras gauche emporté ; son gargoussier tomba, il le ramassa et le porta sous son bras droit à sa pièce :

— Tenez ! voici la gargousse ! dit-il.

Après quoi le brave enfant s'évanouit et fut transporté au poste des blessés.

Notre vieux maître canonnier, — un dur ! — qui avait la face toute noire de poudre, voyant la chose, en eut au-dessous de l'œil une raie blanche.

C'était une larme, quoi ! qui avait fait rigole.

CHAPITRE SURNUMÉRAIRE.

LES MYSTÈRES DE LA CAMBUSE.

CHANT I.

ARGUMENT : *Le bras lie de vin.*

Dans les profondeurs de la cale sombre
Où les cancrelas fourmillent sans nombre,
Je sens des odeurs de rance et de vin,
Qui, pour cette fois, me rendront devin.
Bœuf et lard salés, choucroûte et fromage,
A vos frais parfums je dois mon hommage ;
Ils m'inspireront!... j'en suis plus que sûr :
Sur ce fond obscur tout est toujours sûr.

Au bord du panneau, si je ne m'abuse,
Je vois le sultan de notre cambuse,
Oui,... c'est le profil ample et délicat
Du maître commis, de monsieur Muscat!
Que dit-il?... Ecoutons!... Il parle en vile prose,
Lui!... le Muscat au teint de jasmin et de rose.

M. MUSCAT. *Trente-cinq à quarante ans, un bon gros bel homme, — escarpins vernis à boucles d'argent, pantalon de coutil éblouissant de blancheur à boucle d'argent, bretelles de soie brodées à boucles d'argent, chemise fine Hollande à boutons d'or, montre en or, chaîne de sûreté en or massif, breloques en or, bagues d'or, lunettes d'or, annelets d'oreilles en or. — Quel luxe !... (depuis l'an de grâce* 1840, *quels progrès en élégance!) Sans habit noir, sans cravate blanche, sans gilet de soie noire, sans casquette à galons d'argent (habit, cravate, gilet et casquette sont accrochés aux porte-manteaux de sa chambre). — Il tient à la main un papier gras et oblong ; — se penchant sur le rebord du panneau et d'une voix harmonieuse comme le chant du rossignol dans la saison des amours.* — Daumasse !

UNE VOIX TERRIBLE, *mais polie, sortant du gouffre obscur.* — Monsieur Muscat.

M. MUSCAT *roucoulant d'un ton attendrissant.* — Voilà la liste des retranchements de vin !... quarante, encore quarante ! *(Il soupire avec componction.)*

LA VOIX TERRIBLE *(celle de Daumasse.)* C'est bien ! *(à part.)* Et pas trop mal !

Une griffe infernale emmanchée au bout d'un bras velu, musculeux et couleur lie de vin, sort du panneau, saisit la liste et disparaît dans les troisièmes dessous. (Spectacle horrible et fantastique bien fait pour rappeler à toutes les nations de l'univers l'enlèvement d'Eurydice (1), pantomime réaliste par Fernand Desnoyers.)

(M. Muscat s'éloigne sans bruit et d'un pas cadencé, tel que l'ombre d'un sylphe obèse.)

(1) Lisez : *Le Bras noir.*

La liste descend et descend encor !...
Et je ne vois plus les breloques d'or !...
Mais j'entends un bruit, un bruit qui m'attriste...
Ah ! que feront-ils avec cette liste ?

CHANT II.

ARGUMENT : *Liste, Contreliste, Cancrelas.*

Dans ce soupirail sinistre et béant
Vous précipiter est-il bienséant,
Lecteurs qui craignez les puants mystères ?
Fuyez des senteurs trop peu salutaires ;
Mais vous, esprits forts, bouchez-vous le nez,
Braves à trois poils, en route !... Venez !...
Vous verrez dans l'antre à la Victuaille,
Mesurer le vin, peser la mangeaille.
Sur un pliant graisseux, le second du commis
Daumasse y trône, et tient la liste... Oh je frémis !

. . . .

Et il y a bien de quoi !... quarante victimes !

DÉCOR.

Quatre cloisons blanchies à la chaux, garnies d'étagères supportant des gamelles et des bidons, le tout tapissé de cancrelas dévorants (VOIR *ci-dessous les notes savantes*) (1)

(1) Le cancrelas (vicieusement) *kakerlaque* selon tous les traités d'histoire naturelle, *Blatta Indica*, blatte ravet ; grand insecte, laid, plat, mou, visqueux, nauséabond, aime le sucre, la bougie jaune et les talons des navigateurs endormis, — pullule effroyablement à raison de cent soixante œufs par femelle, et distille l'huile empyreumatique. — On propose de l'utiliser comme combustible pour la navigation à vapeur.

L'intègre auteur de la proposition ne prendra pas de brevet S. G. D. G. — Il livre son idée *gratis*, par amour pour sa patrie et en haine des cancrelas.

(Extrait des Mémoires sur l'histoire naturelle de l'*Introuvable*).

un fanal contenant une bougie de cire jaune qui fume comme une douzaine de chandelles, une barrique de vin en chantier ; sous son robinet une cuve. Balances, poids, *moques* ou mesures pour les liquides, barils divers, fromages tête de mort. — Pliants en toile à voile et autres accessoires.

PERSONNAGES.

§ I.

LES CAPULETS

ou

LE PERSONNEL DE LA CAMBUSE.

DAUMASSE, second commis aux vivres, pantalon gris, chemise bleue à carreaux, manches retroussées.

LE TONNELIER, distributeur de vin, torse et bras nus, pantalon sale.

LE BOULANGER, distributeur de pain, chemise et pantalon farineux, cheveux poudrés.

AUTRES CAMBUSIERS, passant les bidons, gamelles, etc., aux distributeurs, torses nus.

§ II.

LES MONTAGUES

ou

LA COMMISSION A LA CAMBUSE.

L'ASPIRANT de corvée, président, — cravate dénouée, veste d'uniforme sur les genoux.

UN SECOND MAITRE, tenant la contreliste des retranchements, paletot sur les genoux.

PREMIER QUARTIER MAITRE, surveillant le distributeur de vin pour le compte de l'équipage, chemise et pantalon.

BEAU-SOLEIL, sergent au 101e, surveillant le même distributeur pour le compte du bataillon passager. — Tunique agrafée, pantalon garance, képi.

DEUXIÈME QUARTIER MAITRE, surveillant le distributeur de pain, pour le compte de l'équipage, chemise débraillée, pantalon *idem*.

UN CAPORAL du 101e, surveillant le même distributeur pour le compte des militaires passagers, tunique agrafée, pantalon garance, képi.

UN MATELOT CANONNIER, surveillant la bougie jaune du fanal ; chemise et pantalon de toile.

§ III.

ESPACE.

Deux fois trop petit pour contenir la moitié de ces personnages.

§ IV.

TEMPÉRATURE.

A cuire des œufs d'autruche.

§ V.

NOMBRE APPROXIMATIF DES CANCRELAS.

Six mille cinq cents.

Daumasse *de sa voix terrible.* — Commençons! *(Il lit.)* Premier *(sous-entendu* plat des*)* quartiers-maîtres, 10. En pain, 10, en vin. — Deuxième quartiers-maîtres 10 en pain, 10 en vin. — Premier gabiers du grand mât, 7 en pain, 6 en vin!...

Le second maitre, *qui suit sur la contreliste (à part.)* — Oui, c'est vrai, il y en a un de retranché au premier gabiers.

(Les moques rendent un bruit moqueur entre les mains prestidigitatrices du tonnelier; les poids et la balance grondent sourdement sous les efforts du boulanger, les bidons passent de mains en mains, se remplissent, et voltigent; les gamelles reçoivent la ration de pain ou de biscuit (suivant les repas et les jours); *les cambusiers semblables à des salamandres, reluisant de sueur, font une gymnastique infernale. La commission à la cambuse transpire par tous les pores. L'aspirant baille. Le sergent Beau-Soleil devient cramoisi, son caporal se borne à être garance. Daumasse a continué sa lecture sans encombre jusqu'au premier plat des timonniers inclusivement.)*

Daumasse *d'une voix terrible.* — Deuxième timonniers, 7 en pain, 3 en vin.

Le second maitre. — Atttention! ce n'est pas çà!

Daumasse *de plus en plus terrible.* — Et quoi donc?

Le second maitre. — C'est 5 en vin; il y en a deux de retranchés à ce plat, mais pas quatre.

Daumasse. — C'est 3 en vin, apprenez à lire!

Le second maitre. — Ah ça, rogne-portion que vous êtes, croyez-vous me faire peur avec votre grosse voix?

Daumasse à *l'aspirant*. — Monsieur, il m'a appelé rogne portion, je demande qu'il soit puni!

Tous les Capulets *sauf Daumasse*. — Oui... c'est çà!...

Tous les Montagues *sauf l'aspirant*. — Plus souvent!... Rogne portion!... voleur!... filou!

L'aspirant *à Daumasse*. — Vous l'avez insulté le premier, il ne sera pas puni.

Les Montagues *avec joie*. — Fameux!

Daumasse *insolemment*. — Je l'ai insulté, moi?... cette horreur!

L'aspirant *très-sévèrement*. — Ne vous avisez pas de m'insulter moi-même!

Daumasse *se contraignant*. — Comment donc que je l'ai insulté... cette vieille bête?

Le second maitre. — Goujat, canaille, gibier de potence, ver de cambuse.

Daumasse *avec calme à l'aspirant*. — L'entendez-vous, monsieur.

Les Montagues *sauf l'aspirant*. — Le maître a raison... il a dit vieille bête.

Les Capulets. — Il a dit goujat, canaille et tout!

L'aspirant *avec autorité*. — Silence tous!... Tonnerre de... *(à Daumasse)* vous lui dites qu'il ne sait pas lire, vous le traitez de vieille bête, s'il vous rend des injures, tant pis pour vous!... *(au second maitre)* passez-moi la contreliste!... *(l'aspirant se rapproche du fanal, les Montagues rient, les Capulets murmurent, attention.)*

Le choeur des Capulets. — Il y a trois en vin!...

Le chœur des Montagues — Il y a cinq en vin!

L'aspirant. — Maître, vous avez tort, il y a 3 en vin.

Tous les Capulets *à demi-voix*. — Vieille bête, qui ne sait pas lire !...

Le chœur des Montagues *en sourdine*. — Voleurs ! .. filous !... fainéants !...

(Coup de théâtre.)

(Les six mille cinq cents cancrelas prennent leur vol comme un seul hanneton et se livrent entre eux un combat terrible. Les morts et les blessés tombent dans la cuve au vin.)

Le second maître *au tonnelier*. — N'allez pas mesurer des cancrelas dans votre moque.

Tous les Montagues *sauf l'aspirant*. — Ça prend la place du vin.

Le tonnelier. — Est-ce que je puis empêcher les cancrelas de voler ?

Le chœur des Montagues, *en sourdine*. — Ils s'entendent avec les cancrelas !...

Le sergent Beau-Soleil. — Je le croirais !... *(à lui-même)* j'étouffe. — *(Au caporal)* et vous, caporal? *(le caporal ne peut répondre)*.

(Deuxième coup de théâtre.)

(Vingt-cinq cancrelas font irruption dans la cheminée du fanal, la bougie s'éteint ; obscurité profonde, tumulte indescriptible. — Le matelot canonnier se rend à la mèche pour rallumer le fanal.)

Daumasse, *avec véhémence*. — Monsieur l'aspirant, il y

en a un qui boit du vin!... et c'est eux qui nous traitent de voleurs!

(Daumasse reçoit un coup de poing dans la poitrine, le tonnelier a l'œil poché; l'aspirant s'est élancé hors du panneau et respire. Le caporal du 101ᵉ murmure au secours.

Au retour du canonnier rapportant le fanal, le caporal presque asphyxié est charitablement mis hors de la fournaise.

Les cancrelas se sont calmés et font tapisserie.

La distribution continue au milieu des plus sourdes fureurs.)

CHANT III.

ARGUMENT : *Le pouce.*

LE POUCE!... Le pouce du tonnelier distributeur... Le pouce qui plonge éternellement dans la moque en dépit des réclamations éternelles de toute la commission à la cambuse.

— C'est avec le pouce qu'ils font leur maître commis millionnaire,... ces rogne-portions de malheur!

Telle est l'opinion du gaillard-d'avant...

Pour alléger un peu le poème, il n'est pas mauvais de supprimer ici trois mille vers consacrés aux crimes de ce pouce énorme dont le volume en déplaçant un volume égal de vin, produirait, d'après la légende, tant de bénéfices gigantesques.

Notre Jean Loustic de l'*Introuvable* avait fait sur l'air : *un grenadier c'est une rose*, un couplet qui peut avec avantage tenir lieu des trois mille vers retranchés :

Le cambusier, ne faut pas qu'on s'en moque!
A des talents... pour ses amis!
Plonger en grand le pouce dans la moque
Pour Monsieur son maître commis, (*bis.*)
Puis, faire pencher la balance,
Carotter avec insolence
Flibuster gamelle et bidon — (*bis.*)
Voilà (*quater*) le rogue portion (*bis.*)

Le 101e apprit et a retenu ce couplet naval!

Beau-Soleil aimait à le chanter en souvenance de ses corvées de sergent de commission à la cambuse; l'équipage de l'*Introuvable* le répète encore sur le gaillard-d'avant.

Daumasse s'en venge et bondit de joie, quand par bonheur, chose rare, la liste des retranchements est un peu longue.

Mais le charitable M. Muscat, cœur magnanime, plaint et plaindra toujours ces pauvres matelots privés de vin pour des peccadilles.

Je le surpris un jour fredonnant lui-même :

« Voilà... la Rogue portion. »

Et il souriait.

Quel excellent caractère, et combien il a été méconnu! Du reste, nul ne jouit de plus de considération que lui dans sa commune rurale dont il est un des plus notables propriétaires.

CHANT IV.

ARGUMENT : *L'asyle champêtre.*

Deux étages au moins, toit rouge, volets verts
Dans la belle saison aux quatre vents ouverts,
Maison blanche qui fait aux flancs de la colline
Honneur à son bourgeois par sa pose câline;

Un jardin potager où des choux verdissants
Mettent l'eau, comme on dit, aux bouches des passants ;
Des melons colossaux, des grappes sans pareilles
Pesant bien leur kilo chacune sur les treilles,
Toutes sortes de fruits : poires de bon chrétien,
Pommes de français, cassis noir, doux soutien
De l'estomac à jeun, alors qu'il faut attendre,
Au matin, l'œuf mollet, la côtelette tendre
Et le lait de Manon la vache de l'enclos
Pour Monsieur de Muscat tout doucement éclos

. . . .

— Comment cela ? s'il vous plait.

Serait-elle issue des mystérieuses profondeurs de la cambuse, cette délicieuse villa...

Asyle paisible où bravant l'orage
Monsieur de Muscat s'endort sous l'ombrage
Des hêtres touffus et des vieux ormeaux
Aux gazouillements des petits oiseaux ?

Impénétrables mystères !

Tout ce que je puis dire — je l'ai lu, de mes propres yeux lu, — c'est que M. de Muscat,

En intelligent père de famille,
A, sur le fronton de sa belle grille
Pour devise inscrit l'antique rébus
« *Labor omnia vincit... Improbus.* »

Devise qu'il sera poli de traduire à l'usage des dames, des demoiselles, des petits garçons payant demi-places et de messieurs les militaires :

« Un labeur *opiniâtre* triomphe de tout. »

Improbus signifie opiniâtre en latin, d'où il suit que la devise pourrait recevoir en français la traduction libre :

« Ce coquin de travail fait pousser dans la poche les écus de cinq francs, au gousset des breloques d'or, et sur la colline verte les blanches maisonnettes ouvertes aux vents de Nord, de Sud, d'Est et d'Ouest. »

FIN.

SOMMAIRE :

Dédicace à Jules Noriac.
I. Le contenant.
II. Du contenu.
III. Réflexions navrantes tenant lieu de Préambule.
IV. Le pot au goudron.
V. Le commandant.
VI. Le lieutenant.
VII. Où il sera parlé du docteur.
VIII. Le commissaire.
IX. Les surnuméraires.
X. Défilé.
XI. La Maistrance.
XII. Du Pilote.
XIII. Fourbissage... de dix variétés du genre marin.
XIV. Encore le capitaine d'armes y compris le chapitre des chapeaux.
XV. Les ouvriers.
XVI. Court fragment du chapitre des canots.
XVII. Les aspirants. — Chapitre dramatique plus sérieux que ne le comporte son sujet.
XVIII. L'état-major.
XIX. Le quart.
XX. Les mousses.
Surnuméraires. — Les Mystères de la cambuse.

Le Mans. — Impr. Beauvais, place des Halles, 19.

www.ingramcontent.com/pod-product-compliance
Ingram Content Group UK Ltd.
Pitfield, Milton Keynes, MK11 3LW, UK
UKHW021549260726
13993UKWH00002B/736